最強出涸らし皇子の暗躍帝位争い6

無能を演じるSSランク皇子は皇位継承戦を影から支配する

タンバ

角川スニーカー文庫

22576

Contents
目次

口絵・本文イラスト：夕薙
デザイン：atd inc.

皇族紹介

皇帝

† ヨハネス・レークス・アードラー

† ヴィルヘルム・レークス・アードラー

第一皇子。三年前に27歳で亡くなった皇太子。存命中は理想の皇太子として帝国中の期待を一身に受けており、その人気と実力から帝位争い自体が発生しなかった傑物。ヴィルヘルムの死が帝位争いの引き金となった。

† リーゼロッテ・レークス・アードラー

第一皇女。25歳。

東部国境守備軍を束ねる帝国元帥。皇族最強の姫将軍として周辺諸国から恐れられる。帝位争いには関与せず、誰が皇帝になっても元帥として仕えると宣言している。

† エリク・レークス・アードラー

第二皇子。28歳。

外務大臣を務める次期皇帝最有力候補の皇子。文官を支持基盤とする。冷徹でリアリスト。

† ザンドラ・レークス・アードラー

第二皇女。22歳。

禁術について研究している。魔導師を支持基盤とする。性格は皇族の中でも最も残忍。

† ゴードン・レークス・アードラー

第三皇子。26歳。

将軍職につく武闘派皇子。

武官を支持基盤とする。単純で直情的。

† トラウゴット・レークス・アードラー

第四皇子。25歳。

ダサい眼鏡が特徴の太った皇子。

文才がないのに文豪を目指している趣味人。

† 先々代皇帝
グスタフ・レークス・アードラー

アルノルトの曾祖父にあたる、先々代皇帝。皇帝位を息子に譲ったあと、古代魔法の研究に没頭し、その果てに帝都を混乱に陥れた"乱帝"。

† アムスベルグ勇爵家

五百年ほど前に大陸を震撼《しんかん》させた魔王を討伐した勇者の血筋。帝国貴族の中で最も上位の存在であり、皇帝にしか膝を折らない。勇爵家の中でも才あるものだけが、伝説の聖剣・極光《アウローラ》を召喚できる。帝国を守護することを自らの役割とし、基本的に政治には参加していない。

† ルーペルト・レークス・アードラー

第十皇子。10歳。
まだ幼く、帝位争いには参加していない。性格は気弱。

† クリスタ・レークス・アードラー

第三皇女。12歳。
ほとんど感情を表に出さず、アルやレオといった特定の人間にしか懐かない。

† ヘンリック・レークス・アードラー

第九皇子。16歳。
アルノルトを見下しており、レオナルトにはライバル心を燃やしている。

† レオナルト・レークス・アードラー

第八皇子。18歳。

† アルノルト・レークス・アードラー

第七皇子。18歳。

† コンラート・レークス・アードラー

第六皇子。21歳。
ゴードンの同母弟。直情的なゴードンの弟にも拘らず、性格はアルノルトに似ている。

† カルロス・レークス・アードラー

第五皇子。23歳。
優秀と評されたことも、無能と評されたこともない平凡な皇子。
しかし能力に反して夢見がちで英雄願望を持ち合わせている。

アードラシア帝国の皇帝。十三人の子供たちに帝位を争わせ、勝ち抜いた皇子に皇帝位を譲ろうとしている。広大な帝国を統治し、隙あらば領土を拡大してきた名君。

第一章　白《はく》鷗《おう》連合

Episode 1

1

「あなたがまだここに留《とど》まっていたのは意外だ」

エルナを連れて帝都に戻ってから数日。俺はシルバーとしてまた避難先の都市に戻ってきた。

レオたちは避難した民の護衛で出払っていたが、都市にはまだエゴールが残っていた。

「そう言うでない。わしも年でな。それなりに思いっきり戦うと疲れるのじゃ」

「なるほど」

それをすべて鵜呑《うの》みにしたわけじゃない。

最古のSS級冒険者にして、大陸中を歩き回る老人だ。疲れたからといって同じ場所に長く留まるのは珍しい。

「そういえば仙姫の娘さんが怒っておったぞ。妾《わらわ》を置いていくとは何事か!?　とな」

「ああ、そういえばすっかり忘れていた」

「建前上は依頼人だったのなら一緒に連れて行くべきだったの。あとで面倒じゃぞ」

「元々面倒な少女だ。多少面倒さが上がっても問題はない」

　俺の言葉にエゴールは愉快そうに笑う。

　そんな俺とエゴールがいた部屋にソニアが現れる。

「お爺《じい》さん。お昼だよ」

「おお、申し訳ないの。エルフの娘さん」

　ソニアは俺がいたことに驚いたが、すぐに慣れた様子でエゴールの食事を机に並べていく。

　そして自分は邪魔だと思ったのか、何も言わずに頭を下げて部屋から出て行った。

「若い娘に給仕されるのが嬉《うれ》しくて残っているのか？」

「それもあるのぉ」

「ふっ、ずいぶんと気に入ったみたいだな。あなたが人のために残るだなんて」

　エゴールが若い娘が好きなエロ爺《じじい》ならギルドも苦労しない。

　この爺さんは人を助けることが趣味みたいな人だ。だから大陸中を歩き続ける。だから特定の人間に入れ込むことはあまりしない。

　そんなエゴールがソニアのためにこの場にいる。たぶんクライドあたりがこの場にいたら、ソニアをギルドにスカウトしただろうな。

「助けを求める者を助けるのがわしの仕事じゃ。しかし……霊亀を倒したあともあの娘さんは助けを求めているように思えての……」

「彼女の事情は？」

「聞いておらん。あの子も話す気はなさそうじゃ」

ＳＳ級冒険者であるエゴールならばソニアを助けられる可能性は高い。

だがソニアは巻き込むことを嫌って喋《しゃべ》らないんだろうな。それだけでもソニアが変わったことはうかがえる。かつて対峙《たいじ》したときよりも大人になったというべきか。五分五分の策を使い、両陣営に良い顔をしようとしていた頃とは違う。

自分の責任は自分で受け止めるという意思を感じる。だから俺は簡単にソニアの事情をエゴールに説明した。

それを聞き、エゴールはしばし黙り込んだ。

「どう動くかはあなたに任せよう。俺は用があるのでこれで失礼する」

そう言って俺はその場を後にしようとする。ここには本当に様子見に寄っただけだからだ。

本当の目的地はここではない。

だから転移で移動したのだが、その前にエゴールが口を開いた。

「……第三皇子に会いにいくのかの？」

「そのつもりだ。民を守る冒険者としては今回の一件は見過ごせないのでな。少し嫌がらせを兼ねて脅させてもらう」

「そうか……のう、シルバー。わしに貸しを作る気はないかの？」

「あなたに貸しを？　一体何をしろと？」

ＳＳ級冒険者、迷子の剣聖とまでいわれるエゴールに貸しを作る機会なんてめったにない。
だから俺は興味を惹《ひ》かれて聞き返す。

「今回の一件であのエルフの娘さんを助けてやってほしいのじゃ」

「助けたいならばご自分で動けばいいのでは？」

「わしは駆け引きは苦手じゃ。ただ断ることしかできん。彼女の育ての親を穏便に救う方法は思いつかん」

「俺とて穏便な方法を使うわけではないが？」

「しかし、解決する方向には持っていくじゃろ？　わしでは人質を見つけて力ずくで奪うのみ。それでは解決にはならん。あの子を自由にしてやってほしいのじゃ」

「……本当に気に入ったみたいだな」

「うむ、気に入った。お主はどうだ？　自分の家族を人質に取られながら、それでも死地にて民を助けることを選んだ少女だが、助けるには値せんか？」

エゴールはただ真っすぐに俺を見つめてくる。俺という人間を試しているんだろうな。

エゴールはＳＳ級冒険者。助けると決めたなら絶対に助けるだろう。俺が断れば力ずくの手段を使うはず。

それはきっと帝位争いに混乱をきたすし、それをした以上はエゴールは帝国には近づかなくなるだろう。その展開はあまり好ましくない。

元々、ゴードンがしたことは軍人としての判断ミスだ。そう言い切られてしまう程度のミス。

大局的な視点で見れば逃げ遅れた二人の民なんて、いないも同然だ。それを看過できないのは俺が冒険者だから。

この一件でゴードンを失脚させることは不可能だ。シルバーとしての名声を使えばダメージを与えることはできるだろうが、それも結局嫌がらせだ。ならばエゴールに貸しを作るほうがいいだろう。

「はぁ……承知した。第三皇子と交渉し、彼女の育ての親を救おう」

「おお！　ありがたい！」

「しかし、一度帝位争いに関わった以上は絶対に安全とは言えない。彼女はどうするつもりだ？」

「彼女の育ての親はわしが安全な場所で匿《かくま》う。エルフの娘さんのほうは……彼女がよければわしの補佐を任せたい。わしは方向音痴だからの」

「これは驚いた。数百年間、対策を考えなかった問題についに終止符を打つ気か？」

「そのような言い方はよせ。わしも何度も直そうとはしてきた。傍《そば》に人を置いたこともある。ただ皆、わしについて来られなかっただけじゃ」

「あなたについていける人は確かに少ないだろうな」

自由気ままに旅をする人だからな。自分の感性で動き、声が聞こえたというわけのわからないことを言って、平気で大陸の端から端へ移動する人だ。

ついていくのも一苦労だ。しかも極度の方向音痴だし。

ソニアも大変だろうが、傍にいれば安全であることも確かだ。

「それにエルフの娘さんがわしの傍にいれば、ドワーフとエルフの関係も少しは良くなるじゃろうて」

「それは希望的な観測だろうな。エルフはハーフエルフを認めない」

「大きな枠組みで括《くく》るでない。エルフが全員、ハーフエルフを認めないわけではない。少しずつでいいのじゃ。少しずつ変わればいい」

その言葉には長い歳月を生きてきたエゴールにしか出せない深みがあった。

人生経験という点では俺なんかの比ではないエゴールは、きっとＳＳ級冒険者として嫌なものを何度も見てきたはずだ。

それでもエゴールは助けを求める者を助け続ける。それがきっと良い方向に向かうと信じて。

「少しずつか……あなたらしいな。では俺もそれを信じてみよう」

「ああ、そうするがよい。わしらにできるのは少しずつ変わる世界を手助けすることだけじゃからな」

エゴールの言葉に一つ頷《うなず》き、俺は転移でその場を後にする。

そして向かった先は北部国境にある砦《とりで》だ。帝国にとっては忌々しい土地。かつて皇太子はこの砦から出撃し、悲劇の死を遂げた。

ゴードンは今、この砦で国境守備軍の副将として北部国境の守備についている。

俺はその砦の門の前に転移した。

「な、何者だ!?」

「く、黒いローブに銀の仮面!?」

「嘘《うそ》だろ……まさか……!?」

門の守備をしていた衛兵たちが集まってきて門を固めるが、俺の姿を見て全員が固まってしまう。まぁそれはそうだろうな。

ＳＳ級冒険者が国境の砦に来るなんてまずない出来事だ。

「ゴードン皇子に伝えろ。シルバーが会いに来たとな」

「りょ、了解しました！」

一人の衛兵が敬礼して、急いで砦の中へと入っていく。

残った衛兵は一応、武器を構えて俺を半円形に取り囲む。兵士としての本能なんだろうな。

俺みたいな何をするかわからない奴《やつ》には武器を突きつけてないと安心できないんだろう。

しばらくその状態が続くが、さきほど伝令に走った衛兵が戻ってくる。その顔はひどく青い。

「ふっ……ひどい顔色だな」

「ご、ゴードン皇子は……お会いにはならないそうです……」

「そうか。理由は何かな？」

「あ、会う理由がないと……」

衛兵は今にも倒れそうになりながらつぶやく。それを聞いて、俺はその衛兵の肩に手を置く。

「そうか。ご苦労だったな」

「あ、も、申し訳ありません……」

「いや、君が悪いわけじゃない」

そう言って俺はゆっくりと足を前に進めた。

話がまとまり、俺が帰ると思っていた衛兵たちがギョッとした表情を浮かべた。

そんな衛兵たちに俺は低い声で告げた。

「向こうにはなくても俺には会う理由があるんでな。入らせてもらおう」

「お、お止まりを！　いくらＳＳ級冒険者でも軍の施設に無理やり入るなんて……あ、ああ……」

槍《やり》を構えていた衛兵たちは俺が解放した禍々《まがまが》しい魔力にあてられて尻餅をつく。

そんな衛兵たちの横を通り過ぎ、俺は門を開ける。

「転移で入るような無礼を働かないだけましだと思ってほしいものだ。俺はただ丁寧にお邪魔するだけだ。ゴードン皇子に会うのが目的だからな。誰にも攻撃しないし、何も壊さない。もちろん迎撃はするがな」

そう言って俺はゆっくりと砦へと入った。同時に遠くから見ていた兵士が非常事態を告げる鐘を鳴らす。

「緊急事態！　緊急事態だ！　し、シルバーが砦に侵入した！」

それは北部国境の砦において、皇太子の悲報に次ぐ衝撃的な報告だった。

2

砦に入った俺を見て、尻餅をついていた衛兵たちが取り押さえようと動く。

兵士としての職務を思い出したからだろう。

しかし、立ち上がった彼らは数歩でまたよろめき、足を止める。

「無理はしないほうがいい。魔力の濃度を上げている。魔力に慣れていない者では耐えきれないほどにな」

魔力というのは誰だって少しは持っている。ただ体外に放出したり、魔法に応用したりできる者が少ないだけだ。そういう数少ない者が魔導師になったり、優秀な冒険者になったり、騎士になったりするわけだが、一般人は普通大量の魔力を浴びるという経験とは無縁だ。

今、俺が周囲にまき散らしている魔力の濃度は魔力が濃い地域とされている場所よりもさらに濃い。魔法の心得がある者ならいざ知らず、普通の人間では立っているのもつらいほどの濃さだ。

「ま、待て……し、シルバー……」

一人の衛兵が這《は》ってきて俺の足を掴《つか》もうとする。大した根性だ。だが、その言葉を聞いてやるわけにはいかない。俺はその衛兵が足を掴む前に歩き出す。

門を通り過ぎ、開けた場所に出る。その前方では弓を構えた兵士がずらりと並んでいた。

「止まれ！　シルバー！」

「よく訓練されていることだな」

警報から数分で数十人が弓を構えて集合したか。

部隊長と思わしき男が腕を高くあげている。あの手が振り下ろされれば矢が俺に降り注ぐだろう。しかし俺は歩みを止めない。

「ぐっ！　止まれ！　シルバー！　ここは帝国軍の砦！　いくらＳＳ級冒険者とはいえ横暴が許される場所ではないぞ！」

「横暴が許されないというなら止めてみろ。安心しろ。反撃はしないでやる」

「このっ！　舐《な》めおって！　撃て!!　ＳＳ級冒険者ならば死にはしない!!」

そう言って発射の号令がかけられた。何十本という矢が視界に映る。だが、俺は気にせずそのまま歩き続ける。

矢は迫るが、一定距離に達すると勢いを失ってその場に落ちてしまう。

バタバタと矢が目の前で落ちていく。それを見ながら俺は告げる。

「舐められたものだ。矢ごときでＳＳ級冒険者の歩みを止められると思っているのか？」

「ちっ！　魔法か！　囲え！　全方位で有効なものか！」

そう言って部隊長の男は続々と集まってきた増援に指示を出す。

増援は俺を囲むようにして陣取ると、部隊長の合図で全方位から矢を放った。

だが、結果は変わらない。一定距離で矢は失速して地面に落ちていく。

そうしているうちに俺の濃い魔力を浴び、兵士たちは弓を落として膝をつく。

「この程度を魔法と言ってほしくないな」

「あ、ああ……」

部隊長の傍まで行き、俺は肩をたたく。別に強くたたいたわけじゃないが、部隊長はその場で崩れ落ちる。

そのまま俺はさらに奥へ侵入しようとするが、横から大柄な兵士が現れる。その後ろには十人ほどの小隊がいた。彼らの手には見慣れない武器が握られていた。

見た目はクロスボウだ。しかし、それはただのクロスボウではなかった。

クロスボウの下部には円形の筒が取り付けられており、その中央には小さな宝玉が埋め込まれていた。帝国軍の試作兵器か。

「動くな！　シルバー！　普通の弓は防げてもこれは防げまい！」

「知らん武器なので断言はできないが、無理だと思うぞ？」

「ふん！　南部の悪魔騒動でモンスター相手にも活躍したこの〝試製回転式魔導連弩《れんど》〟の威力を思い知れ!!」

小隊長と思われる大柄の男の号令を受けて後ろの兵士が連弩の引き金を引く。

すると宝玉に込められている魔力によって、引き金を引き続けている間、絶えず矢が放たれだした。下部に取り付けられた円形の筒は回転しながら矢を補給し、連射を助けている。

通常では考えられない連射速度で放たれた矢が俺に迫るが、さきほどと結果は変わらない。

失速し、地面に落ちていく。少し違うのは落ちる速度が速いため、土煙が立ったことか。

その土煙の中でも彼らは連射をやめない。

もったいないことをする。あの手の兵器は宝玉を使い捨てにする。格好の実験相手だと踏んだんだろうが、それは無謀というものだ。

「やったか!?!?」

「――勉強が足りないようだから教えてやろう。それがどれほど自慢の兵器か知らんが、南部で悪魔を倒したのはその兵器を活用した軍ではなく、この俺だ」

「む、無傷だと!?」

「モンスターと悪魔。どちらが強いかなんて子供でもわかる。そして俺は悪魔より強い。かすり傷でも負わせられると本気で思っていたのか?」

「ひぃぃぃぃ!?!?」

彼らに向かって歩き出すと、全員が連弩をその場に放り出して後ずさっていく。

彼らの拠《よ》り所《どころ》だったんだろうな。しかし拠り所とするには弱すぎる。

そんなことを思っていると複数の馬の足音が聞こえてきた。

「全員下がれ!! 我々がやる!!」

「騎兵隊!? やってやれ!!」

小隊長が助かったとばかりに叫ぶ。

馬に乗った騎兵が五人。槍を持って突っ込んでくる。だが、そちらを俺が一瞥《いちべつ》しただけで馬は急停止した。そのせいで騎兵たちは宙に投げ出された。

怪我《けが》をされても困るので、俺は右手を軽く振って彼らを結界に捕らえる。

「遠距離武器が駄目なら突撃というのも浅はかだな。動物は人間以上に敏感だ。絶対に敵《かな》わない相手に突っ込むなんてのはよほどの信頼関係がなければありえない」

俺は宙で捕らえた騎兵たちを地面に下ろす。

そんなことをしている間に俺の周りには百名を超える兵士たちが集まっていた。

剣を持っているし、接近戦に持ち込む気らしいな。

「とにかく止めろ！　たった一人に突破されたとあっては我が砦の恥と知れ！」

剣を持った指揮官が兵士を鼓舞する。だが、兵士の士気は低い。絶対に無理だろって顔に書いてある。そのとおり。彼らのほうが賢いな。

しかし兵士は上官の命令は聞かなければいけない。無謀な突撃命令が下された。

「突撃!!」

嫌々ながらも兵士たちが突っ込んでくる。彼らをあしらうのは簡単だ。しかし、それで彼らが苦しむのはかわいそうだろう。

だから俺は足に魔力を集中して、一瞬で指揮官の前に移動した。突然現れた俺に指揮官の動きが止まる。

「なっ!?」

「どうした？　突撃はしないのか？」

仮面の奥からじっと指揮官の瞳を覗《のぞ》く。

悪魔に見つめられたかのように指揮官は動くことができず、ただその場で固まるだけだった。

「偉そうに無謀な命令をするんだ。手本くらい見せたらどうだ？」

「あ、ああ……ゆ、許し……」

「何も取って食おうなんて思っちゃいない。ただ命令を考えるべきだと忠告しているだけだ。無謀な突撃は命を散らすだけだ。肝に銘じておくんだな」

そう言って俺は指揮官の横を通り過ぎて、奥へと向かう。すでにそれを邪魔する兵士は存在しなかった。全員が遠巻きに俺のことを見つめている。彼らもわかっているんだろう。その気になれば俺がこの砦を破壊することも可能だということを。

それをしないということは俺に敵意がないということだ。ただ俺はゴードンに会いたいだけなのだ。

しばらく砦の奥に進むと、中央にある城へたどり着く。砦の司令官の居城だろうな。ここにゴードンもいるんだろう。

そんなことを思っていると城の窓から大柄な男が飛び降りてきた。

「うおおおぉぉぉぉぉぉ!!!!」

気迫の声と共にその男は大剣を振るう。上段から振り下ろされたその剣は降下の勢いもあいまって、とんでもない速度で迫る。しかし、矢と同じように俺の手前で失速して止まってしまう。

その剣を軽く横にずらしながら、俺はその人物に語りかける。

「ずいぶんと大人しい歓迎だな？　ゴードン皇子」

「冒険者風情が……！」

「その冒険者風情のためにわざわざ出迎えに出てきてくれたのは感謝しておこう。出迎えなどなくともこちらから伺ったのだがな」

慇懃《いんぎん》無礼《ぶれい》な態度で俺はゴードンに話しかける。それが気に入らないのか、ゴードンが顔をしかめる。

「伺うだと？　貴様のは押し入るというのだ！」

「そうとも言うかもしれないな。だが俺の訪問を断るほうが悪い。馬鹿じゃないんだ。俺がこうすることくらいは予測できたんじゃないか？　俺は帝剣城にすら入る男だぞ？」

暗に予測もできないのか馬鹿が、と告げつつ、俺はゴードンから視線を外して、その後ろに現れた恰幅《かっぷく》のいい老人に頭を下げる。

「お騒がせして失礼した。砦将《さいしょう》」

「いやいや、良い訓練になった。兵士たちも気が引き締まるだろう」

その人物はこの砦の将にして、北部国境守備軍を束ねる将軍。

名はロホス。穏やかな人物として知られており、そこを評価されて北部の国境を任されている。そういう人格者だからこそ、ゴードンを預けられたともいえる。

「ゴードン将軍に用があるということだったな。部屋を用意しよう」

「感謝する」

「砦将!!」

「ご自分で蒔《ま》いた種だ。ご自分で始末をつけることだな。ゴードン将軍」

「俺は何もしていない!!」

「それはシルバーに言うことだ」

そう言ってロホスは俺を招き入れる。

苦々しい表情を浮かべていたゴードンだったが、従わないわけにもいかずに俺と共に城へと入ったのだった。

■■

城の一室で俺とゴードンは対峙《たいじ》していた。

ゴードンは何も喋《しゃべ》らないと言わんばかりに口を閉ざしている。

「なぜ俺が来たかわかるか?」

「……知らんな」

「そうか。では教えてやろう。霊亀討伐戦の最中に二人の子供が戦場に迷い込んだ。これをエルナ・フォン・アムスベルグが庇《かば》ったため、戦局が一時不利になった」

「それが俺のせいだと?」

「子供の話では来る前に軍に出会っていたが、その軍に森へ行けと言われたらしい」

「……子供の話だ」

「では皇帝にそう言うのだな」

そういう態度ならば話は終わりだと言わんばかりに転移門を開く。

霊亀討伐戦は帝国の一大事だった。その妨げとなる行動は許されない。ゴードンは皇帝からの信頼を失うし、これからある式典への参加も許されないだろう。

北部で干され続けるというわけだ。とはいえ、帝位争いから脱落するわけじゃない。

しかし大きな後れを取る。だからゴードンは立ち上がって俺を引き留めた。

「待て！」

「話は終わりだが？」

「……こちらから話がある。聞いてほしい」

「そうか」

俺の話は終わった。ゴードンは悔しそうな顔をしつつ、俺を席に引き戻す。

北部に飛ばされたこと自体、ゴードンからすれば屈辱であり、それが長引くなどあってはならないんだろう。

「……何が目的だ？」

「何もない。ただ子供が軍の指示で戦場に入り込むことになったと報告しただけだ」

「……俺が率いていた偵察隊だ。たしかに子供には森にいる部隊を頼れと言った」

「ほう？　護衛もつけずにか？」

「……軍人として本隊への報告を優先しただけだ」

「伝令を出せば済むだけの話だな。皇帝ならばそこらへんをしつこく追及してくるぞ？」

「……その話は父上にはしないでほしい」

ゴードンは静かに頭を下げた。俺には見えないが、どんな表情を浮かべているかは想像できる。声も震えているし、さぞや屈辱なんだろうな。

だが、民の命を軽視した罪はその程度で許されるものじゃない。

「タダでとはいかんな」

「俺が頭を下げているのだぞ⁉」

「左遷された将軍の頭にどれほどの価値があると？」

嘲りの言葉をゴードンに投げつけると我慢できんとばかりに立ち上がり、近くに立てかけてあった剣に手を伸ばす。だが俺は動じない。

俺とゴードンの間には絶対的な力の差がある。腕にモノを言わせる気なら望むところだ。

「困ったら力で解決。そうやって生きてきたから帝位争いで後れをとるんだ。お前の前にいるのはSS級冒険者だというのをもう忘れたのか？」

「ぐっ……‼」

「剣を握れば交渉決裂と受け取る。どうだ？」

剣に伸びたゴードンの腕が激しく震える。何度も剣を取ろうとするが、ゴードンは歯を食いしばってその腕を引っ込め、腰を落とした。

　それを見て、俺はようやく交渉に入った。

「ではこちらの要求を言わせてもらおう。お前の元軍師の育ての親を解放し、彼女に関わらないと誓え」

「……お前にソニアと一体どんな関係がある？」

「俺ではない。エゴール翁《おう》が彼女を気に入った。だからエゴール翁に貸しを作るために彼女をお前から解放する」

　俺の要求を聞き、ゴードンは少し考えたあとニヤリと笑った。

　そして近くの紙を取って、何かを書き込む。

「これがソニアの育ての親がいる場所だ。所詮は用済みの軍師だ。好きにしろ」

「そうか」

　俺は紙を受け取って立ち上がる。紙には詳細な地名が書かれていた。そこにいるということだろう。そう判断し、俺は再度転移門を作り出し、それをくぐろうとして、その場で立ち止まる。そして。

「ああ、言っておくぞ？　お前が相手にしているのが二人のＳＳ級冒険者だということを忘れるなよ？　もしも嘘《うそ》だとしたらどんなことになるかよく考えることだな」

「な、なんのことだ……？」

「俺を出し抜き、ソニアの人質を使いエゴール翁を上手《うま》く使えるなんて、馬鹿な考えは抱かないほうがいい。エゴール翁は俺以上に理不尽だぞ？」

ゴードンは大量の汗をかいて、その場で押し黙る。やはりそんな浅はかなことを考えていた。

まぁゴードンらしい考えだ。こいつが主《あるじ》ではソニアの策略も宝の持ち腐れだな。

ゴードンはギリッと歯ぎしりを立てたあと、もう一枚紙を取り出して新たな地名を書く。

「……最初のほうに育ての親の家族がいて、ここに育ての親はいる」

「別々に監禁していたか。まぁリスクを分散させるのは当然か。しかし心変わりしてよかったな。文字通り、命拾いしたな。あやうく二人のSS級冒険者と戦争だ。いくら戦争好きでもそれは遠慮したかったみたいだな」

ゴードンは何も言わずにただ机を見つめている。

その様子を鼻で笑い、俺は転移門に入ってその場を去ったのだった。

3

エゴールの下に戻った俺はすぐにエゴールとソニアを連れて転移した。

もたもたしているとゴードンの手下に連絡がいきかねないからだ。

最初にゴードンが記した場所にはソニアの育ての親の両親、ソニアにとっては義理の祖父母がいた。

人里離れた小さな家に囚《とら》われていた祖父母だが、扱いはそこそこだったんだろう。目に見えた怪我もなく、体調を崩したりはしてなかった。もちろん護衛はいたが、エゴールがすべて無力化した。そしてその流れでソニアの育ての親である天才軍師の下へと転移する。

同じように人里離れた小さな家がそこにはあり、エゴールがすぐに十名前後の護衛を無力化した。

「これでおしまいじゃな」

それを聞いたソニアはいち早く家の中へと走っていく。

そのあとを俺はついていく。

「お父さん!!」

椅子に座る眼鏡をかけた男を見つけるとソニアはたまらずに駆け寄り、抱きついた。

そんなソニアを見て、眼鏡の男は苦笑しながらソニアの頭を撫《な》でる。

「やぁ、ソニア。元気にしてたかい？」

「ごめんなさい……ごめんなさい……」

「何を謝っているんだい？　元々は私のせいだ。君を身代わりにしてしまったのは私のほうだよ。すまなかったね」

穏やかな口調でそう告げるとソニアの養父は俺に視線を向けてきた。優男だ。しかも不健康そう。どう見ても強くは見えない。しかし独特の雰囲気を持っている。

これがかつて天才軍師と評された男か。

「娘がお世話になったようだね。その恰好《かっこう》を見れば田舎者の私でもわかるよ。会えて光栄だ。

SS級冒険者のシルバー」

「世話をしたのは俺のほうではない」

そう言って俺はゆっくりと家に入ってきたエゴールを示す。

さすがにエゴールの正体まではわからないようだが、只者《ただもの》ではないことは察したのだろう。

ソニアの養父は静かに頭を下げて自己紹介をした。

「ソニアの養父、ケヴィン・ラスペードと申します。娘がお世話になりました」

「いやいや、わしは何もしとらんよ。ここまでのお膳立てはシルバーがしてくれた。わしがするのはこれからじゃ。二度と政争に巻き込まれぬようにわしが皆の安全を保障する。安心せよ。これでもわしもSS級冒険者だからのぉ。わしの名はエゴール。迷子の剣聖といったほうがわかりやすいかのぉ」

エゴールが自らの身分を明かすとケヴィンは少し驚いたように目を見開いた。

ドワーフの強者《つわもの》ということで予想の中にはあった人物だろうが、それでもSS級冒険者が二人もソニアに協力しているというのは驚きだったに違いない。

自分に抱きついたまま泣き続けるソニアに視線を落とし、ケヴィンはつぶやく。

「とびきりの援軍を連れてきてくれたようだね。いろいろと考えていたけれど、これなら必要なさそうだ」

「ただの……偶然だよ……ボクは混乱を大きくしただけなんだ」

「君の責任は私の責任だ。そこまで気に病むことはない。それとね。偶然でSS級冒険者が二人も助けてくれるなんてことはありえない。大陸で五人しかいないのだからね」

「そうじゃな。娘さんは助けるに足る価値を示した。だからわしはシルバーに協力を仰いだのじゃ。シルバーがどんな理由で動いたかは知らんがの」

　エゴールはちらりと俺を見てくる。

　どうやらエゴールは俺が素直に協力したのを怪しんでいるようだ。

「エゴール翁に貸しを作れるなら安いものだ」

「それだけで動くわけあるまい」

　止まらない追及に俺はため息を吐《つ》く。裏があるとエゴールは確信しており、実際、俺には裏がある。まぁそれを話して何かが変わるわけじゃないか。

「俺とて自分の都合だけで動いているわけじゃないのでな」

「協力者の意向かの？」

「そうだな。助けられなかったことを悔やんでいたから、代わりに俺が助けただけだ」

　すぐにでも助ける手段はあった。ただそれはあまりにもメリットがなかったからしなかっただけだ。ソニアが人質を取られているとわかった時点で、人質を探して救出することは不可能ではなかった。ただそこにかける時間と労力に見合わないというだけで。

　そんな打算的な考えの下、俺はソニアを一時見捨てた。

　レオならば助けようとしただろう。それがレオの長所であり、短所でもある。

　俺はそれを補うためにいる。だからこそ、レオのようには動けない。

「父親としてその協力者の名前を聞きたいのだけど、いいかな？　シルバー」

「……ソニア・ラスペード。心当たりはあるか？」

「……あなたの協力者でボクを助けられないことを悔やんでいた人……？　もしかしてレオナルト皇子？」

「惜しいな。その兄だ」

「う、そ……アル君……？」

ソニアは信じられないというような表情を浮かべ、口を両手で押さえている。

その目にはうっすらとまた涙が浮かんでいた。

「第七皇子、アルノルト・レークス・アードラー。それが協力者の名前であり、君を助けられなかったと悔やんでいた男の名前だ」

「友人になったのかい？」

ケヴィンの質問にソニアはふるふると首を横に振る。

「友人なんかじゃない……ボクは彼と……敵対して……」

「向こうはそうは思っていないんだろう。彼は君を心配していた。だから俺は君を助けた。人の縁は巡るということだな」

「縁って……ボクはアル君に何も……」

「双子ということだろうな。関わった人間を見捨てられない甘さも似たのだろうさ」

そう言って俺は背中を向ける。あとはエゴールに任せていいだろう。

ソニアがエゴールの傍《そば》にいるというならそれはそれでいい。安全だし、エゴールの方向音痴も少しは改善されるだろうしな。

そうでなくても家族と過ごす権利がソニアにはある。

どれだけ軍略を身に着けていても、ソニアは一般人だ。帝位争いに巻き込まれた被害者。ゴードンに従うしかソニアには手がなかったのだから。

穏やかな日々を満喫しても誰も文句は言わないだろう。エゴールならばそれができる場所を知っているはずだ。

「では失礼する。その甘い双子の皇子を助けてやらねばならないのでな。そうでなければ第三皇子のような輩《やから》が皇帝になりかねん」

俺はそう言うと一歩踏み出す。だが、ケヴィンが唐突に俺を呼び留めた。

「シルバー。少し待ってほしい」

「なにか？　双子の皇子の軍師になるというなら紹介するが？」

「残念ながら私には帝位争いに飛び込む度胸はないよ。ただ皇子たちに伝えてほしい。〝此度《こたび》の帝位争いは何か変だ〟と」

「……どういう意味かな？」

その言葉はどこかで聞いたことがあった。

少し考えたあとにエルナとの会話で出てきた言葉だと思い出した。エルナの言葉ではなく、エルナの父である勇爵の言葉だったはずだ。

同じ意見の者がここにもいたか。しかも天才軍師と評された傑物だ。

「……過去に起きた帝位争いで凄惨を極めたことなどいくらでもあった。身内同士の殺し合い。それが帝位争いだからだ」

「そうだ。俺には聞いていた通りに思えるが？　あなたには何が見えている？」

「過去に帝位争いの過程で変わった皇族は少なからずいたそうだ。凄惨な争いの果てに人格が変わることもあるだろう。だが今回はそれが顕著すぎる」

「顕著？」

「三年前に皇太子が亡くなり、帝位争いの火ぶたは切られた。そして帝位候補者の三人は変わった。ザンドラ皇女はより残虐に、ゴードン皇子はより暴虐に、エリク皇子はより冷徹に」

「帝位争いと皇帝の椅子の魅力が三人の本性をさらけ出し、肥大化させたと見ているが？」

「人はそこまで劇的に変わらない。少なくとも過去に得た教訓まで捨て去ったりしない」

「どういう意味だ？」

俺の言葉にケヴィンは真っすぐな視線を向けてきた。

これからの言葉に嘘はない。そう思わせる真摯さがケヴィンの目にはあった。

「信じられないかもしれないが……私が知る限りのゴードン皇子。初陣から数年間のゴードン皇子は他者の意見を聞く将だった。少なくとも私の旧友たちは幾度もゴードン皇子に助言して、その助言を取り入れられている。ゴードン皇子は初陣にて私の助言を聞かずに武功を狙い、突撃した。そして武功と引き換えに多くの犠牲を出してしまった。彼はそこで変わったんだ」

「それは事実か？　あの第三皇子が？」

「そう。あの後、ゴードン皇子は変わった。傲慢であることには変わりはなかったが、自らには助言者が必要だと理解し、参謀たちの声に耳を傾けるようになった。彼は初陣での教訓を得て変わった。そしてその後、武功を重ねて将軍になった。猪突猛進《ちょとつもうしん》するだけの猪《いのしし》のような息子を将軍にするほど、皇帝陛下は甘くはない。そんな彼がソニアの提案をすべて却下した。私のところには手紙が頻繁に来たよ。娘が使えないから代わりに来いとね。私には彼の変化が信じられない」

近しいから気づかなかった。そんな変化がゴードンにあったのか。昔から傲慢であったし、力で物事を解決しようとする傾向があった。

だから今のゴードンの姿には納得がいっていた。しかし、過去に教訓を得て変化があったというなら――確かにおかしいかもしれない。

失敗後の教訓であり、その変化でゴードンは成功を手にした。その成功体験がありながら教訓を捨て去るだろうか？

「帝位争いに関わったからという理由で片付けるには不可解だと？」

「そうだ。理由はわからない。何か私の知らない出来事があったのかもしれない。だが……彼は初陣後の惨状を見て、自らの軽率さを後悔していた。それに私が助言したときの彼は……思慮深くはなかったけれど、帝国を守ることに熱意を燃やす皇子だった」

「歳月は人を変える……ましてや権力争いに浸《つ》かり、ライバルを出し抜くことばかりを考えていればなおさらだ。しかしそれくらいは承知の上だろう、あなたならば」

「そうだね……私はゴードン皇子の変化に歳月や環境以外の何かを感じるよ」

そうケヴィンは断言した。勇爵に引き続き、天才軍師までおかしいと言う。

しかもケヴィンの意見は帝位争いを遠いところから見たうえでの意見だ。

「かつてヴィルヘルム皇子が皇太子になったとき、周りの者はこれからの帝国に期待する一方、それ以外の皇帝の子に同情した。エリク皇子、ゴードン皇子、ザンドラ皇女は時代が違えば皇帝になるチャンスがあっただろうにと。そう言われるだけあって、彼らは多くの者に評価されていた。今の彼らは見る影もないがな。それがおかしいというなら……その通りだろう。承知した。伝えておこう」

「よろしく頼むよ。そして気をつけて。ＳＳ級冒険者とはいえ帝位争いは危険だ。深入りすれば引き込まれ、戻ってこられなくなる」

「心配には及ばない。そこらへんは心得ている」

俺は今度こそ転移門に入ろうとするが、そんな俺にソニアが声をかける。

「シルバー！　あの！　アル君に……ありがとうと伝えて……それとごめんなさいって……」

「承知した。感謝だけは伝えておこう。それ以外は彼は求めていないだろうからな」

そう言って俺は転移門の中に入り、帝都へと戻ったのだった。

4

帝都に戻った俺を出迎えたのはセバスだった。

「お帰りなさいませ」

「ああ、ただいま」

いつものように銀の仮面を外し、黒いローブを脱いで服を着替える。

それが終わったあと、疲れたとばかりに椅子に崩れるように座って体重をかける。

「お疲れのご様子ですね」

「ああ、疲れた。そもそも霊亀戦で消費した魔力も大して回復してないし、それ以上に交渉というのは精神的に来る」

「交渉ですか？」

「ああ、ゴードンと交渉してソニアを解放した。人質となっていた彼女の家族もな。今はエゴール翁《おう》が護衛してる」

「それは朗報ですな。ゴードン皇子の陣営で警戒すべき人物が一人いなくなりました」

セバスの言葉に俺は一つ頷《うなず》く。霊亀戦の様子を見れば、ソニアがゴードンのために策を考えるとは思えないが、それでも人質がいれば何でもありえてしまう。

最悪、ソニアを人質にケヴィンが出てきた可能性だってある。そういう意味では、今回の一件はかなりでかい。

「エゴール翁にも貸しを作れたし、悪くない取引だった」

「心情的にも気がかりが一つ減りました。それも大きいのでは？」

セバスの言葉に俺は苦笑する。やはりこの執事には隠し事はできないらしい。

「まぁ、そうだな。ソニアを助けられたのはデカいよ。心の重荷が一つ下ろせた気分だ」

「なかなか助けようにも機会がない人物でしたから、致し方ないでしょう。できれば陣営に迎えたいところでしたが」

「ソニアがゴードンの軍師だったことは広まってる。彼女が望んだとしてもすぐには迎え入れられない。周りが騒ぐ」

これから父上の即位二十五周年の式典が本格的に動き出す。

各国から参列者が集い、帝都では大きな祭りが開かれるだろう。そのときに、各国の要人の接待役は俺たち皇帝の子供たちに任される。

帝国は大陸三強と呼ばれる大国だが、一強ではない。残る二つの国がある。

一つは西にあるペルラン王国、もう一つは東にあるソーカル皇国。

国の規模や戦力という点では帝国が頭一つ抜けているという認識だが、片方と事を構えて長引けばもう片方に背を討たれるという立地上、帝国はバランスを取りながら動いてきた。

そんな二つの国の接待役。片方は間違いなくエリクで決まりだ。問題なのはもう片方。

式典が始まる頃には父上はゴードンを呼び戻すだろう。そこでゴードンを接待役に命じるのか、それともレオを命じるのか。それで今の帝位争いの順位ははっきりする。

順当にいけばレオが命じられるだろうが、不祥事が起きればそれも危うい。

ヘマをしなければほぼ間違いないからこそ、俺はゴードンの足を引っ張る情報と引き換えにソニアを助けた。なにせ足を引っ張れば式典にゴードンは参加できない。それでは参加していなければレオは代役とみなされかねない。それではいけない。

「諸外国の要人にはレオがゴードンよりも上だと見せつけなきゃいけない。帝位争いの第二位までレオは駆けあがったのだと知らしめ、各国の要人と接点を持ついい機会だ」

「ようやくといったところですな」

「まだまだだ。目指すは頂点。皇帝の玉座だ。レオだって油断はしていないはずだ。なにせ最大の強敵がその前に君臨しているからな」

「たしかに、結局エリク皇子は無傷ですからな」

「無傷どころじゃない。ザンドラやゴードンの支持者が少しずつエリクに流れていってる。一度対立した俺たちよりもエリクのほうが逃げ込みやすいのさ。俺たちがどんな争いをしようとエリクが最大勢力であることは揺るがない。エリクもそれがわかっているから動かなかった」

「動かないことが勢力の強化につながるということですか」

「ああ、それに父上の機嫌も損ねずに済むからな。ザンドラとゴードンは皇帝になりたがっていた。それが父上には透けてみえていて、二人に対しての当たりが強かった。だけどエリクは違う。皇帝の座への野心なんて見せない。自分がなるのは当然だと思っているからだ。その自信と皇帝の座についたあとのことを考えているエリクの視野の広さを父上は気に入ってる」

あくまで第一候補はエリクだ。他の二人が暴走気味だったのも、エリクが上にいるため無理をしないと皇帝にはなれないからだ。とはいえ。

「セバス……あの三人は変わったと思うか？」

「皇太子殿下が生きていたときと比べての話ですかな？」

「ああ、そうだ」

「ええ、変わりました。とても」

「そうか……ソニアの養父から言われたよ。今回の帝位争いは何かおかしいと。お前もそう思うか？」

「……帝位争いは半世紀に一度は間違いなく起こります。歴代の皇帝たちが自分が老齢になる前に帝位争いを起こさせるからです」

「そうだな。あまりにも暴走が過ぎたときは皇帝が止めなきゃいけない」

「はい。そしてこれまでの争いの記録は多く残っていますし、私も前回の帝位争いのときの記憶はございます。そこから考えると今回は――おかしいかと」

セバスの言葉に俺は少し黙った。これで三人。前回の帝位争いのとき、セバスは現役バリバリの暗殺者だ。当然、詳細に帝位争いの情報を得ていたはずだ。そのセバスが言う以上、少なくとも前回とはだいぶ違うんだろう。

「なにがおかしい？」

「帝国に被害が出るほどの行動は滅多《めった》にありません。完全に追い詰められているならまだしも、ザンドラ皇女にせよ、ゴードン皇子にせよ、勢力を維持している状況で内乱を起こしたり、火種に干渉しようとしました。そしてエリク皇子はそれを高みの見物です。皇帝になれば帝国は自分の物となります。国に被害を出すというのは自分の首を絞めるも同然。やはりおかしいかと」

「勢力を維持してさえいれば逆転はありえる。たしかに不自然だな」

馬鹿なだけというのはさすがに無理があるか。その理論だといきなり馬鹿になったということになる。少なくとも皇太子が生きていた頃はザンドラにせよ、ゴードンにせよ評価される皇族だった。

「……この問題は思った以上に根深いのかもしれないな」

「それでもやるべきことは変わりありません」

「その通りだ。三人におかしな変化があるとするなら、なおさら皇帝にさせるわけにはいかない。俺や俺の家族のためにもな」

「そこは帝国のためと言うべきでは？」

「それを考えるのはレオの役目だ」

そう返すとセバスは困ったような笑みを浮かべる。そんな会話をしているとノックが聞こえてきた。どうぞと言うとフィーネが部屋に入ってきた。後ろにはクリスタとリタもいた。

「失礼します」

「どうした？　今日は大人数だな」

「さきほどはお仕事中ということでお断りしましたからなぁ」

　さらりとセバスがフォローをいれてくる。

　なるほどと納得しつつ、俺は近寄ってきたクリスタの頭を撫《な》でる。

「悪かったな、クリスタ。さっきは」

「ううん……兄様が忙しいからフィーネに遊んでもらった」

「そうか。すまなかったな、フィーネも」

「いえ、遊び相手をしていたのは私ではありませんから」

　そう言ってフィーネが気の毒そうな視線をリタのほうに向ける。

　そのリタの腕ではジークがぐったりとしていた。どうやら遊び相手というより、遊び道具にされたみたいだな。リンフィアと一緒にレオとは別で、早馬を使って帝都に戻ってきたばかりだろうに。可哀想《かわいそう》なことだ。

「そうだ。兄様、見てて」

　そう言ってクリスタはリタの傍《そば》に近寄る。

　不穏な気配がしたが、ジークは反応しない。どうやら放心状態らしい。

　そんなジークの頭をクリスタが持ち、足をリタが持つ。そしてゆっくりと引っ張り始めた。

「のびーる、のびーる……のびるよー……」

　うわ言のようにジークが繰り返す。

ついに壊れたか。しかし一定のところまで行くと意識が戻ったのか唐突に言葉を発した。

「伸びすぎぃぃ!? 痛いわ!!」

「すごいでしょ!? アル兄! ジークはすごい伸びるんだよ!!」

「ジーク……体柔らかい」

「変な遊びだな。どこで思いついたんだ?」

「ジークが女の人のスカートを覗《のぞ》こうとして……リンフィアが止めたの。それでこういう遊びがあるって教えてくれたの」

「そうか、もっとやっていいぞ」

「いいわけあるか!? 引っ張りすぎなんだよ! はーなーせー!!」

子供二人の遊び道具になってたまるかと、ジークは体を必死に揺らす。

しかし上下に揺れるものの、二人の手から逃れられない。

あまりにも滑稽な姿に思わず笑ってしまうが、ジークはそれを見逃さずに激怒する。

「笑うんじゃねぇよ!?!? 坊主! お前さんの保護下の子供なんだからお前さんが何とかしろ!!」

「そうか。それはすまなかったな」

謝りながら俺は首輪を重くする。いきなり重くなったジークを支えられず、クリスタとリタは手を放してしまった。

ドンッと音を立ててジークが床に倒れこむ。

「助けてやったぞ」

「もっとましな助け方はできねぇのか!?!?　お前さんは忘れてるかもしれないが！　これでもS級冒険者なんだぞ!!」

そう宣言したあと、ジークはなぜか少し固まる。そして思い出したかのように手を叩《たた》く。

「そうだ。そういえばオレってS級冒険者だったんだ……！」

忘れてたのか。

どんだけその姿に馴染《なじ》んでるんだよ、こいつ。

「やい！　坊主！　オレを元の姿に戻すって話はどうなってやがる!!」

「忘れてた癖に偉そうに言うな。シルバーには機会を見て話してやる。それまで我慢しろ」

「ふざけんな！　たしかにこの姿でいれば女の子にちやほやされるし、目線が下だから色々と楽しめるし、イイ事尽《ず》くめだけど！」

「ならいいだろ。しばらくそのままでいろ」

「でも女の子とイイ事できないだろ！　そろそろ女の子とイイ事したい!!」

「イイ事？」

「世迷言《よまいごと》だ。気にするな」

「ぎゃあああぁぁぁ!?!?　床に食い込むぅぅぅ!!!!」

子供の前でおかしなことを口走った罰として、首輪をかなり重くした。

クリスタとリタが心配そうにジークをつんつんと突《つつ》くが、ジークはそれに対しても怒っていく。だけど二人に応えた様子はないし、完全に遊び道具だな。

「紅茶が入りましたよー」

「オレも欲しいー‼‼」

フィーネのほうへ這《は》って行こうとするため、俺は重さをさらに増やす。

めげない奴《やつ》だ。しばらく話題に出さなきゃ、また自分がS級冒険者だって忘れそうだな。

忘れるまで放っておくとしよう。

そんなことを考えながら俺は紅茶を飲むのだった。

5

霊亀の討伐から少し経《た》った頃。代わり映えのない日常が続いていた。

しかし、俺は父上から呼び出しをくらった。呼び出されたのは俺のみ。北部から帰還していたレオは呼ばれていない。

「アルノルト、今日はなぜ呼び出されたと思う？」

「さぁ、なぜですかね。俺は言いつけを守ってるつもりですが？」

品位を保てという指示を俺は破っていない。つまりそういうことに関する呼び出しではないということだ。

さらにセバスからある情報も入っていた。帝都の若手貴族たちがいよいよ活発に動き出したという情報だ。思い浮かぶのは以前、城で会ったラウレンツ・フォン・ヴァイトリング侯爵。

　おそらく彼が関わっているんだろうな。

「そのことについてお前に何か言うことはない。今日呼び出したのはフィーネについてだ」

「フィーネについて？　何か問題でも？」

「帝都にいる多くの貴族がなぜフィーネに結婚を申し込まないかわかるか？」

「フィーネは父上のお気に入りですからね。そこらへんを気にしてるからじゃないですか？」

「それもあるだろうが、貴族同士で不可侵条約、鷗《かもめ》の盟約というものを結んでいたからだ。だが、それが崩壊した。有力な若手貴族たちがその盟約から抜けたのだ」

「すでに二十件を超える結婚の申し込みが入っています」

　フランツの報告に俺は顔をしかめる。いきなり結婚を申し込む馬鹿が二十人以上いたということだからだ。

　帝都の若手貴族はアホばかりなのか？

「フィーネを嫁にやる気はないと父上が言えば解決では？」

「たしかにフィーネはワシにとって娘同然だが、そこまで縛ることはできん」

「縛るもなにもフィーネが望んでいないなら断るのがフィーネのためかと」

「それはそうなのだがな……」

　父上が少し言いづらそうにして、フランツを見る。

　助けを求められたフランツは軽くため息を吐《っ》くと俺を真っすぐ見てくる。

「殿下の仰《おっしゃ》るとおり、すでに断りをいれています。そこで返ってきたのはフィーネ様の結婚をどう考えているのか、というものです。つまり皇子たちと結婚させる気なのかということです」

「本人に任せると返せばよいのでは？」

「蒼鷗姫《ブラウ・メーヴェ》は帝国の象徴の一つ。その象徴性が損なわれる相手との結婚は帝国にとって不利益になりかねないそうだ」

　父上は苦虫を嚙《か》み潰《つぶ》したような表情を見せた。関わる貴族が多いため、黙ってろというわけにもいかないんだろうな。

　皇帝には臣下の声を聞く義務がある。帝国の利益に関わることなら特にだ。しかも今は式典の準備で大忙し。貴族の助けがなければ式典は成功しない。嫌なタイミングだ。

「蒼鷗姫が出涸《でが》らし皇子と結婚するようなことがあれば大問題だと？」

「包まず言うとそういうことだな」

「はぁ……俺とフィーネはそういう関係ではありません」

「だがもっとも近い男ではある。レオナルトよりもお前のほうが親しいはずだ」

「一緒にいることが多いだけです」

「文句を言っている貴族どもはそれが気に食わんのだ」

「ではどうしろと？」

　貴族が文句を言うからといって、俺たちの行動にまで干渉される筋合いはない。

文句を言ってる奴らがフィーネの代わりをしてくれるなら文句はないが、そいつらが合わさったところでフィーネの代わりは務まらない。

「殿下にはしばらくフィーネ様と一緒にいるのを控えていただきたいのです」

「……それで貴族が大人しく身を引くと？　本気か宰相？」

「わかりません。これは若者たちの暴走です。感情で動いている以上、明確な解決法はありません。ですが、殿下がフィーネ様から距離を取れば少しは落ち着くかと」

「そうは思えん。彼らはフィーネの傍にいる男を排除したいだけだ。そして邪魔者が消えれば、フィーネと接触を試みるに決まってる。フィーネがそれでも構わないなら距離を取るが、性格的にそれはありえない」

「自分が防波堤だと？」

父上の問いかけに俺は頷《うなず》く。

「邪魔者であることは間違いありませんね。フィーネのことを考えるなら、俺を傍に置いておいたほうがいいと思いますよ」

そう進言すると父上はしばらく渋い顔を見せる。

即位二十五周年が近い今、貴族たちと揉《も》めたくはないんだろうな。だが、ここで退《ひ》けば状況は悪化する。すぐに結婚を申し込む奴らだ。紳士的に接触してくるとも思えない。

「それで……お前はよいのか？」

「どういう意味です？」

「そのままの意味だ。フィーネの傍に留《とど》まれば多くの貴族の恨みを買う。間違いなくお前が被害を被るぞ？」

「いつものことです」

「侮られるのと敵視されるのは違う。女が絡んだ問題は面倒だぞ？」

「それは父親としての忠告ですか？」

「ああ、そうだ。フィーネは帝国中の憧れといえる。今までお前が傍にいても誰も文句を言わなかった。お前とフィーネでは絶対に釣り合わないと思っていたからだ。だが、ワシがお前の格をあげてしまった。その弊害が出ている」

「そうですね。ほぼ父上のせいです」

「だからありがたい忠告をしておるだろうがっ。このままなら帝国中の独身貴族を敵に回すぞ？　その中には有力な貴族も多い。敵に回すのは得策ではあるまい」

「お言葉ですが……品位を守れと言ったのは父上です。臣下からの突き上げが怖くて、向こうの思うとおりに行動していては侮られるだけです。それに……個人的に彼らの行動が好きじゃありません」

「ほう？」

　意外そうに父上が目を細める。俺が面倒事に突き進むのは珍しい。だが、この問題では仕方ない。退けば向こうの思う壺《つぼ》だ。敵視するならすればいい。俺が傍を離れればフィーネの日々は崩壊する。それは避けたい。

北部から連れ出した以上、彼女を守る義務が俺にはある。

「ラインフェルト公爵を見たあとだと、フィーネを望む貴族たちの行動は幼稚に映ります。彼らはきっとフィーネを愛していると言うでしょうが、俺からすればそれは愛じゃない。彼らに思うように愛を語らせるのはラインフェルト公爵への侮辱です」

「あれと比べれば大体そうだろうが……」

「欲しいならどんな手を使ってでも挑めばいい。出涸らし皇子すら排除できない者に蒼鷗姫を手に入れる資格がありますか？」

フィーネは蒼鷗姫。帝国の象徴の一人。

その相手はそれにふさわしくなければいけない。そういう意味では俺はいい試金石だろう。

俺ごときをどうにかできないなら資格なしと断じていい。

「そのようなことを言えば殿下に負担がかかりますが？」

「フィーネに負担がかかるよりはマシだ。貴族たちが俺を排除しようと動いてるうちは、フィーネは穏やかでいられる」

「何をされるかわからんぞ？」

「行き過ぎたなら好都合では？　父上が処断する理由ができる」

「……あえてそれを誘うか？」

「処断されない程度のやり方で、俺を排除するならそれはそれでよいでしょう。それくらいできないならフィーネの相手は務まりません」

そういうバランス感覚を持っている奴は果たしてどれほどいるだろうか。

おそらくほとんどいないだろうし、いたとしてもフィーネが絡んだことで冷静さを失ってる可能性が高い。これは若者の暴走。常識も論理も通じない。受けて立つのが一番だ。

「殿下の身が危なくなります」

「傍《そば》にはセバスがいるから平気だ」

「そのときはそのときだ。やれるだけやるさ」

「セバスが介入できない状態に持ち込まれたらどうされるおつもりですか？」

セバスが介入できない状態。いくつか方法は思いつく。まぁできるかどうかは向こう次第だし、おそらくそういう手を思いつく相手でもない。

「……お前にしては妙にやる気だな？」

「やる気を出すのはおかしいですか？」

「いや、おかしくはないが……本当にフィーネを結婚相手とは考えてないのか？」

「考えてませんね。誰かと結婚できるほど立派な人間だと自惚《うぬぼ》れてはいませんよ。ただ……これまでフィーネは多くのことをもたらしてくれました。俺やレオはもちろん、帝国にもです。その働きを考えれば、俺以下の奴が傍にいることを容認する気もありません」

「相手が帝国中の独身貴族でもか？」

「望むところです。最初に日和《ひよ》って手を組んで、様子見を決め込んだ奴らに帝国の象徴を手に入れる資格があるのか……俺が判断してやりますよ」

そう言い切り俺は一礼してその場を後にする。

そんな俺の背からフランツがポツリとつぶやいた。

「若手貴族たちはか弱き鳥と侮り、鷹《たか》に攻撃しようとしているのかもしれませんね」

その言葉に俺は苦笑する。

侮られていたほうがいいに決まってる。そのほうが動きやすいのだから。

だが、俺の秘密の共有者が関係しているとなれば黙ってもいられない。

俺は俺の周りを壊す奴には容赦しない。攻撃してくるなら攻撃してこい。全部返り討ちにしてやる。そう決意して俺は新たな戦いへと向かうのだった。

6

「と、以上のような経緯でアルノルト殿下はフィーネ様の傍にいることを決めたそうです」

自分の部屋でレオは報告を受けていた。

報告をするのはいつも通り無表情なマリーだった。

「そっか……兄さんらしいね」

「らしいでは済みません」

マリーの言葉にレオは苦笑した。

「兄さんの行動は無意味かい？」

「フィーネ様のために留まるのはご立派です。しかし、長くは持たないかと。距離を取るべきだったと思います」

「マリーの言うことも一理あるかもね。結果的に排除されてしまうなら、早めに退いたほうが賢明だ。けど、排除されないなら別に悪い判断じゃない」

「排除されないとお考えですか？」

「そうだね。マリーは？」

「持って一週間かと」

マリーの評価にレオは苦笑する。

一週間も持つというのは一般的なアルの評価と比べて、かなり高い見積もりだ。マリーなりにアルを評価はしているということだ。

だがレオの評価はそんなマリーの遥《はる》か上をいっていた。

「僕はすべて撃退できると思ってるけどね」

「レオナルト様。そろそろ身内贔屓《びいき》はおやめください。あなたとアルノルト様は違います」

「そうだね。兄さんは僕じゃない。だからきっと兄さんは兄さんのやり方で乗り切ると思うよ」

全幅の信頼。それを感じてマリーはため息を吐く。

レオの数少ない欠点の一つ。身内を信じすぎるという点が出ていると感じたからだ。

信じるのはいいが、信じすぎてはいけない。双子の兄でもそこの線引きをしてもらわなければ。

「レオナルト様、勢力は徐々に大きくなっています。前のように少数ではありません。あまりアルノルト様を贔屓なさっては不満が生まれます」

「贔屓なんてしてないよ。これでも身内だからと線引きしてるくらいだからね。まぁでも、身内贔屓と感じるのもわかるよ。どうだい？　しばらく兄さんに協力する気はないかい？」

「アルノルト様の下につけと？」

「人手が必要かと思ってね」

「本当にこの局面をアルノルト様に一任するのですか？」

マリーの中では結果は目に見えていた。

相手は鷗《かもめ》の盟約に参加していた多数の貴族たち。彼らがアルを排除しにかかれば七難八苦がアルに襲い掛かる。

それに耐えきれず、リタイアするまで一週間。そうマリーは踏んでいた。そしてリタイアされてはレオの勢力としては困る。

「今の勢力を支える貴族の中には、フィーネ様繋《つな》がりで協力してくれている方も少なくありません。亜人商会との繋がりもそうです。フィーネ様を守る力がないと思われては大きなマイナスです。ここはレオナルト様が矢面に立つべきかと。レオナルト様が傍にいる分には誰も文句は言えません」

多くの問題を解決した英雄皇子。帝位争いでも頭角を現しており、次期皇帝の座も現実味を帯びてきた。その名声と格は蒼鷗姫に劣るものではない。

元々、鷗の盟約に入っていた貴族たちの不満は、フィーネが出涸らし皇子にとられるかもしれないという嫉妬から来ている。

嫉妬すらできない存在が矢面に立てば事態は沈静化する。そうマリーは考えていた。だがレオの考えは違った。

「僕が出ていけば一時的に問題は収まるかもしれない。けど、はけ口を失った貴族たちは大きな不満を残す。そしてきっと彼らはエリク兄上に協力するだろうさ。僕を排除してくれそうな人にね。それが終わればフィーネさんの取り合いが始まる。兄さんはそれを危惧して、自分が矢面に立つことを選んだんだと思うよ。侮りきっている相手すら排除できないなら、さすがにプライドを保てないからね。きっと不満を抱く前に諦める」

それでも諦めきれない者はいるだろうが、レオが前に出て無言で黙らせるよりはずっと少ないはずだ。

そうレオは説明するが、マリーには疑問が残った。そこまでアルが考えて動いたとはとても思えなかったからだ。

「言いたいことはわかりますが……」

「結局のところ、兄さんが相手を退けられるかどうか。それに懸かってる。だからマリー。兄さんの傍にいてあげてほしいんだ」

「御命令とあらば従います。しかし、レオナルト様はどうされるのですか？」

「僕は僕でやることがある。この一件に関しては全部兄さんに任せるよ。僕が出ていけば問題がより深刻になるからね」

　そう言ってレオは苦笑する。

　フィーネは自分の物だと形だけでも主張してしまえば、それで終わりかもしれない。だが、そのせいで大勢の敵を作るのはレオの望むところではなかった。

　鷗の盟約に参加していた貴族の中には、帝位争いに加わっている貴族もいるが、中立の貴族も大勢いた。若い貴族たちにとって、帝位争いは未知の領域であり、親や周りから距離を取れと言われることが多いからだ。

　勝ち馬に乗れればよいが、そうでなければ粛清の対象にされかねない。そこから脱しようと思えば強い政治力が必要になる。若い貴族にそれを求めるのは酷というものだった。

「フィーネさんの人気を使って動けば、いずれこういう日が来るのはわかってた。意外に早かったけどね。兄さんのことを頼むよ」

「承知いたしました」

「うん。ただ兄さんの指示には従うように。たとえ非合理的に思えてもね」

「間違っていると思ってもですか？」

「そうだね。一見すると悪手に見えても良手に持っていくのが兄さんだからね。面白いものが見られると思うよ。自分から積極的に問題に首を突っ込むなんて珍しいからね」

「本気で……アルノルト様がこの問題を解決すると？」

「もちろん。兄さんに解決できないなら誰にも無理だろうね。それくらいややこしい問題だよ。

なにせ相手が感情で動いてるからね」

感情で動いている以上、理路整然と説得しても無意味だ。

一番は相手をしないことだが、そういうわけにもいかない。

次から次へと厄介なことが起こるものだとレオは内心、ため息を吐《つ》く。

今回の一件はエリクの指示ではないことは明白だ。釘《くぎ》を刺されたにもかかわらず余計なことをするタイプではない。

エリクの配下かそうでない者たちか。とにかく帝位候補者の仕業とは思えない以上、皇帝に訴え出るわけにもいかない。

「やっぱりこの機に手に入れるしかないかな」

「なにをでしょうか？」

「僕らの軍師を、さ。休戦は次の戦いへの準備期間。振り返れば帝位を勝ち取った者には常に知恵袋がいた。父上に宰相がいたように、そろそろ僕らにも軍師が必要だ」

「やるべきことというのはその軍師探しですか？」

「当てはあるんだ。ただ僕自身が行かないときっと動いてくれないから。これまで勧誘はできなかった。まぁ僕が行ったからといって成功するとは限らないけどね」

そう言ってレオは立ち上がる。

すでに荷造りは済ませてある。いつでも行けるならばすぐのほうがいい。

居場所をコロコロと変えているという情報もある。行ったものの手遅れでしたでは話にならない。

「では兄さんの下で働いてくれ。しばらく僕は帝都を留守にするから」

「レオナルト様が直接赴くほどの方となると、さぞや著名な方なのでしょうね」

「いいや、別に大した功績はないよ。ただかつては城にいた。僕と兄さんはよく遊んだものだよ。才能はピカイチだけど、人間性に難があるのが玉《たま》に瑕《きず》。そんな人さ」

「それは……古いご友人ということですか？」

「まぁそんなところだね」

そう言ってレオは笑う。

その顔に不安はない。自分がやるべきことには全力を尽くすだけであり、アルのことについては心配などしていなかったからだ。

なにせアルは勝てないときはすぐに逃げる人間だ。そんなアルが逃げずに受けて立った。

つまり勝算があるということだ。

結果を楽しみにしつつ、レオは帝都から旅立つのだった。

7

鷗の盟約に参加していた貴族たちは、父上からの返答を受けて、秘密裏に〝白鷗《はくおう》連合〟という組織を作った。盟主となったのはラウレンツ。

ようは対出涸《でが》らし皇子連合だな。排除してみろというなら上等だ。排除してやる、という意気込みを感じる。

それに対して父上は何も言わない。この一件は俺に任せる気だからだ。元々、あの人が発端となっているわけだし、それくらいはしてもらわないと困る。

「しかし、白鷗連合ねぇ」

白というのを使ったあたり、俺へのあてつけだろうな。単純なネーミングセンスに呆《あき》れてしまう。

「どう見る？　セバス」

「どうと言われましても。若い貴族が中心ゆえ恐れを知らぬのだなとしか言えませんな」

「まぁそうだな。たぶん周囲もコントロールできてないんだろうな」

すでに当主の座についている者や、次期当主と目されている者。彼らに対して周りはきっと警告をしている。それでもこんなことになったあたり、彼らは暴走しているんだろうな。

「フィーネを俺から救い出すくらいまで考えてそうだしなぁ」

「若い男の独り善がりな発想ですな」

「その独り善がりな発想をする奴《やつ》がかなりの数いるってのが問題だ」

「すでにアルノルト様は彼らの敵です。どうなさるおつもりですか？　感情で動く相手に説得は無意味ですぞ？」

「わかってる。当然、叩《たた》き潰《つぶ》すさ」

そう言いながら俺は二枚の手紙を書き終わる。

事態は面倒な方向に向かっている。俺が退《ひ》いてどうにかなる状況でもないし、誰かが力ずくで介入して終わる状況でもない。

理由はやはり相手が感情で動いているから。

ひとまず熱く燃え上がっている彼らに冷静になってもらうとしようか。

そんなことを思いながら俺は二枚の手紙に封をしたのだった。

■■■

「アルノルト様。レオナルト様のご指示でお手伝いに参りました」

「マリーか……」

俺は少し顔をしかめて、どうやって追い返そうか考えた。

傍《そば》にいられると使える手が減ってしまう。

「人手は足りている。悪いが帰ってくれ」

「そういうわけには参りません」

相変わらずの無表情でマリーが答える。

これは簡単に帰らなそうだな。仕方ない。

「では質問に答えてもらう。役に立たないなら必要ないからな」

「どうぞ、なんなりと」

「一番最初に動くのは誰だ？」

それはとても単純な質問だった。

それゆえに回答者のセンスと知識が問われる。

「盟主であるヴァイトリング侯爵の傍には急進的な貴族が何人かいます。その中でもアルノルト様への嫌悪を隠さないのはファーナー伯爵です。よほどのことがないかぎり、このファーナー伯爵が一番最初に動くかと」

「……」

こちらが想定した一番の回答がすぐに飛んできた。

相手側の事情に通じてないと出てこない答えだ。

さすがにレオのメイドをしているだけはある。勤勉だな。

「ご満足いただけたでしょうか？」

「……できれば俺の好きにやらせてほしいんだが？」

「そのように指示されています。邪魔はいたしません」

「そういうことならいいだろう」

断わる理由が失われた以上、追い返すことはできない。

俺はマリーが手伝うことを了承したのだった。

それからしばらくして、マリーが部屋を出たあと、俺はセバスに問いかけた。

「……根回しのほうは進んでいるか？」

「はい、順調です。しかし、だいぶお金を使ってしまっています」

「平気だ。金は貯《た》めておくもんじゃない。必要なときに使うもんだ。いくらでも使え。白鷗連合の奴らに一片の勝利も与えるな。奴らにふさわしいのは絶望だけだ」

これからの展開上、必要な演出であると同時に俺の個人的な感情でもあった。

気に入らない。それが俺の率直な感想だった。

俺に対抗してきたからじゃない。俺をフィーネの傍から退かせようとしたこと。フィーネを自分たちの価値を上げる道具としか見ていないこと。

これらが俺の苛立《いらだ》ちを増幅させている。

中には純粋に惚《ほ》れている者もいるだろうが、それにしたってやり方が間違っている。レオはよくて俺は駄目ってのも理解できん。

俺と結婚したらフィーネが不幸になると思うのは勝手だが、現状の段階でレオと俺なら八割以上の確率でフィーネの相手はレオだ。二割以下の可能性を排除するために声をあげられても困る。

傍にいるのにふさわしくない。彼らの言い分はこんなところだろうが、だったら誰がふさわしい？

「ふざけた話だ」

傍にいる者すら自由に選べないなら、フィーネは籠の中の鳥だ。そうであってほしくはない。

自由に空を飛ぶから鳥は美しい。

そのことに彼らは気づいていないんだろうな。

「しかし、本当によろしいのですか？　予定通りに行動すれば貴族の評判はともかく、民の評判まで下がりますぞ？」

「平気だ。そうしないと解決はできん。俺も含め、貴族に不信感を抱かせて問題を大きくする。彼らはそうしないといつまで経《た》っても諦めないだろうさ」

「……難儀なモノですな」

「馬鹿の相手は大変ってことだな」

さんざんな評価を相手に与えつつ、俺はセバスとさらに作戦を練るのだった。

8

次の日。

マリーは何枚かの書類を俺に提出してきた。

「アルノルト様。調略に出るべきかと」

「これは調略相手の書類か……では、白鷗《はくおう》連合の中で最も無害と思われる貴族は？」

「ベッカー男爵の息子である、ダミアン・フォン・ベッカーかと。フィーネ様に憧れを抱いておりますが、友人たちに誘われて入っただけというスタンスです。調略相手にはうってつけです」

「さすがだな。けど、それは昨日までの情報だ」

そう言って俺は数枚の紙をマリーに見せた。

そこには長々と謝罪文が書かれており、その下には署名が入っていた。もちろんダミアンの名前もある。

「これは……」

「すでに無害そうな貴族は数名、離脱させてる。ダミアンもその一人だ」

「早いですね……一体どうやって？」

「白鷗連合の貴族はピンキリだ。中心にいるのは現実的にフィーネの婚約者候補に上がれる者たちだが、末端にいる者たちはそんなことは夢物語で、友人との付き合いやなんとなくで入った者たちが多い。そしてそういう奴らは大抵裕福じゃない。だから借金の記録を探して、俺がすべての借金を立て替えた。つまり彼らの借金相手は俺になったというわけだ」

「効果的な手段ですが……どこからそのお金を？」

「俺は金を使わない。その金の運用はセバスに任せてある、ずっとな。その間、セバスは賢くお金を増やしてくれたわけだ」

事実だ。セバスに資産運用を任せてあり、セバスはそれを上手《うま》く使って何十倍にも膨れ上がらせた。とはいえ、そんなのは金を使うときに怪しまれないためであり、俺たちの本当の資金源はシルバーとしての収入だ。おそらく俺は個人の資産に限れば帝国屈指だ。

「大盤振る舞いですね。しかし、無害な者にお金をかけすぎるのはいかがなものかと」

「金は使うべきときに使うのが一番だ。俺はこれから予定があるから、セバスの指示に従って動いてくれ。セバス」

「はっ、ここに」

セバスが音もなく現れた。

そんなセバスに俺は用意していた書類を手渡す。

「これはこれは。なかなかの出費となりますが？」

「平気だ。使えるだけ使え。白鷗連合だなんてふざけた集まりにはちゃんと教えてやらんとだからな。どちらが上でどちらが下かをな」

「つまり徹底的ということですな？」

「そうだ。帝都中の貴族どもに見せてやれ。金の使い方ってやつをな」

そう言うとセバスは恭しく一礼し、マリーと共に部屋を出ていった。

さて、下準備はあの二人に任せるとしよう。

そんな風に思っていると部屋に新たな客人がやってきた。

「アルノルト殿下。アロイス・フォン・ジンメルがまいりました」

「ようこそ、ジンメル伯爵。こんな状況で呼び出して申し訳ない」

「いえ、暇を持て余している身ですので」

そう言うアロイスの顔に嘘《うそ》はない。いろいろと勉強はしているようだが、そればかりではさすがに暇だと感じているんだろうな。

　そんなアロイスに向かって俺はニヤリと笑う。

「それは結構。少し仕事をしてほしいんだが？」

「内容によります、殿下。残念ながら非才の身ですので」

　そう言ってアロイスは保険をかける。なかなかどうしてちゃんとしている。

　そういうところも勉強しているみたいだな。良いことだ。

「シルバーは君のことを買っていたが？」

「!?」

「君にはグラウと言ったほうがいいか？」

「あなたは……一体……？」

　それはシルバーとアロイスしか知り得ない内容だ。だが、知り得る人物はまだいる。

「シルバーに依頼したのは俺だ。レオの邪魔をされたくなかったんでな」

「あなたが……グラウを向かわせてくれたんですか？」

「そうなるな」

　そう言うとアロイスは静かに一歩引いて、その場で膝をついた。

「どうした？」

「殿下に……感謝を申し上げます。あなたのおかげで我が領民の命を守ることができました……」

「守ったのは俺じゃない。君とシルバーだ。ただ――それでも恩と感じているなら力を貸してほしい」

「はっ、なんなりと。全霊をもって当たります」

「大げさだな。ただ俺の話をしてほしいだけだ。貴族たちに、な」

「良い噂《うわさ》を流すんですね！　任せてください！」

パッとアロイスが顔を明るくする。

だが俺はそれに首を横に振る。

「え？」

「逆だ。悪い噂を流してほしい。心底まずい表情で、俺が怖い人物だと噂してくれ」

「そ、それでは状況を悪化させませんか？」

「いいんだ、それで。ちゃんとシルバーとも話した。そのうえでの作戦だから心配するな。俺の思いつきじゃない」

心配そうなアロイスに俺はシルバーの名を出す。

それでもアロイスは半信半疑だが、渋々ながら俺の要請に頷《うなず》いた。

「殿下、一つお約束してください」

「なんだ？」

「この状況が落ち着いたら訂正する許可をください。恩人を貶《おとし》めたままでは領民に合わせる顔がありません」

「それはちょっとなぁ……状況次第だな。確約はできない」

「そんな……」

　傷ついた表情を浮かべるアロイスを見ると、なんだか自分が悪いことをしてる気分になる。まぁ悪だくみはしてるんだが。

　仕方ない。ここでアロイスが頼みを引き受けてくれないと失敗する可能性もあるからな。

「わかったわかった。君の好きにしろ」

「本当ですか!?　ありがとうございます！」

　アロイスは勢いよく頭を下げた。

　まぁアロイスが訂正したとしても、子供を使って〝印象操作をしている男〟と判断されるか、子供を使って〝印象操作をした男〟と判断されるかの二通りだからな。どっちも変わらんといえば変わらん。

「用件はそれだけだ。頼まれてくれるか？」

「はい！　お任せください！」

　アロイスは元気な返事をする。

　そんなアロイスが部屋を出ようとするのを思わず止めてしまう。確認したいことがあったからだ。

「ジンメル伯爵、いや、アロイス」

「はい？」

「あ、いや……その……俺以外の皇族とは会っているか？」

「エリク殿下とレオナルト殿下とは何度かお話をさせていただきました。そのほかの方とは残念ながら接点はありません」

それを聞いて俺は内心でため息を吐《つ》く。

父上がアロイスを城に残したのはいろいろと学ばせるという意味と、クリスタの婿候補と考えているからだ。あの父上のことだ。クリスタを他国に嫁がせることはない。そうなると帝国の貴族が相手となる。

いずれは嫁に行くならば自分が良いと思った相手に。そんなことを思っているんだろうが、いまだに会う機会を設けてないということは迷っているんだろうな。

「娘のこととなると途端に使えなくなるのはやめろよな……」

「はい？」

「こっちの話だ。それなら今度食事でもどうだ？　何人か知り合いも紹介したいからな」

「本当ですか？　よろこんで！」

そう言ってアロイスは無邪気に笑う。

アロイスは前途ある少年だ。器の大きさは先の内乱で証明済み。クリスタの婿候補の筆頭ではある。だが、結局は本人たちが気に入るかどうかだ。

とりあえず会わせてみるだけ会わせてみよう。

そんなことを考えつつ、俺はアロイスを見送る。

すると、今度はアロイスと入れ違いでフィーネがやってきた。

その顔はひどく落ち込んでいた。

「どうした？　君らしくない。暗い顔だな」

「申し訳ありません……私のせいで……」

そう言ってフィーネはさらに沈んだ様子を見せた。どうやら今回のことが自分のせいだと思っているようだ。

馬鹿げた話だ。

「君のせいじゃない。半分は馬鹿な貴族のせいで、半分は父上のせいだ」

「ですが……私がアル様の傍《そば》にいるせいで……」

「勘違いするな。迷惑ならとうの昔に領地に帰している。そうしないということは、俺が君を傍に置いているってことだ。わかったな？」

強い口調でそう念を押すとフィーネはやや驚いた表情で頷く。そんなフィーネに苦笑しつつ、俺はいつものようにフィーネに紅茶を頼んだ。

「よろしい。じゃあ紅茶を貰《もら》えるか？　濃いのがいい」

「は、はい！　すぐに準備します！　あ、あの……アル様……？」

「ん？」

「その……お菓子もありますが……」

「当然貰う。頼むよ」

「は、はい！　お口に合えばいいんですが」

そう言ってフィーネは鼻歌混じりで準備を始める。

それはいつもの光景。当たり前の日常だ。

それを壊そうとした者たちがいる。よりにもよって臣下の身分で俺のささやかな日常を破壊しようとした者が。

「容赦はしない……」

そうフィーネに聞こえないように俺は決意を口にする。

その言葉と同時にふつふつと心の底から怒りがわいてくるのを感じ、俺は自分を落ち着かせる。

せめてフィーネの前では笑顔でいたい。きっと怖い顔をすればフィーネが気に病むだろうから。

「入りました！　どうぞ、アル様！」

「ああ、ありがとう」

飲むといつもどおり美味《おい》しい紅茶だった。

第二章　処断

Episode 2

1

「正直、驚きだわ」

「なにが？」

「あなたがアルのことをほったらかしたのが、よ」

　馬車の中でレオは苦笑する。そんなレオを見て、護衛を頼まれて同行していたエルナは怪訝《けげん》な表情を浮かべた。

「なによ？」

「それはエルナも一緒でしょ？　兄さんを放っておいてよかったの？」

「私はいいのよ。私がいても役に立たないもの。相手は帝国貴族。剣を向ける相手じゃないわ」

　エルナの近衛《このえ》騎士隊長復帰は水面下で進められていた。霊亀討伐の功績もあり、すぐにでも復帰させることは可能だったが、式典の準備もあるため少し時間が置かれることになった。そのため、エルナは帝都を離れることができたのだ。

今の帝都にいると何をするかわからないという危惧を多くの者が抱いたからというのもあるが。

「それなら僕も一緒だよ。僕が僕のやり方で動いても、きっと問題解決には至らない。それなら兄さんに任せたほうがいいって思ったんだ」

「ずいぶんアルを高く買ってるのね？　ひどい目に遭うとは思わないのかしら？」

「帝位争いには多くの貴族が関わってる。だけど今、兄さんに文句を言ってるのはその争いに関わるなと周りに止められた人たちが中心だ。兄さんの敵じゃないよ」

「ま、その見解には同意ね。寄せ集めの二流、三流が集まったところでできることなんてたかが知れてるわ。断言してもいいけど、ひどい目に遭うのは貴族たちでしょうね。アルは身内が関わると途端に容赦ないもの。覚えてる？　昔、ガイが男爵の息子とその取り巻きにリンチされたときのこと」

エルナは馬車の窓から外を見ながら、そんなことをつぶやく。

レオは深く頷いて懐かしそうに苦笑した。

「僕らは剣を持って乗り込んだんだよね」

「そうよ。ボコボコにしてやろうと思ったのに……屋敷にはもう多くの騎士や軍人がいたわ。公金の横領や奴隷の売買、さらに城の宝物の窃盗。いろんな悪事が一斉にバレて、男爵はもちろん息子も皇帝陛下に裁かれることになったわ。あれ、たぶんアルの仕業よね？」

「だと思うよ。セバスがいれば大体のことはできるだろうからね」

「まぁ動いたのはセバスだろうけど……そのセバスもアルが命じないと動かないし、あの展開を描いたのはアルで間違いないと思うわ」

まだまだ幼かった頃のことだ。

しかし単純な力しか持ちえないエルナやレオとは違う力を、アルはすでに持ち合わせていた。

そんなアルが貴族たちに後れを取るとは思えない。きっとエルナやレオでは考えつかない方法で痛い目を見せるだろう。それが二人の共通見解だった。

「でも驚いたわ……いきなりヴィンのことを軍師にしたいだなんて。三年前から行方知らずなのよ？　手がかりはあるの？」

「ないよ」

「はぁ……手がかりのない旅に私を連れ出したわけね……」

「そんな風に言わないでよ。確証はないけど、ヴィンのことだし、故郷にいると思うんだ」

「ありえないわ。故郷の村を田舎だから嫌ってたでしょ？」

「だからヴィンならいると思うんだ。性格が良いとは言えないからね」

そう言ってレオは楽しげに語る。

そんなレオを見てエルナはさらにため息を吐いた。だが、探している人物の性格を考えればない話でもない。

「ま、ヴィンのことならレオに任せるわ。幼《おさな》馴染《なじみ》だものね」

「幼馴染というよりは兄さんとは違ったタイプの兄って感じだけどね」

そんなことを言いながらレオはヴィンと呼ばれる人物に思いをはせるのだった。

■■■

その村は帝国中央部の外れにあった。

主要な道からも外れており、活気とは程遠いその村に二人はとても場違いだった。

「本当にいるの？」

「どうだろうね」

言いながらレオは迷わずヴィンの実家へと向かう。

そして古びた一軒家がヴィンの実家であると確認すると、迷わずレオはその家を訪ねた。

「お邪魔します。どなたかいらっしゃいますか？」

「ちょっとレオ……」

「どなたですかな？」

遠慮もせずに入っていくレオをエルナが引き留めようとするが、その前に家の中から返事があった。

しわがれた老人の声だ。

見れば安楽椅子に座った小柄な老人が家の中にいた。長い白髪に長い髭《ひげ》。顔は確認できないが、この家にいるということはヴィンの身内なのだろう。

「失礼。僕はレオナルト・レークス・アードラーと申します。ヴィンフリートを探してやってきました」

「皇子殿下でしたか……残念ながら孫は戻っておりませぬ……」

「ヴィンのお祖父《じい》さん……」

　エルナは寂しげな老人を見て、ひどく同情した。

　ヴィンフリートはレオとアルよりも三つ年上の男だった。

　その才能を皇太子に認められ、平民の身ながらずっと城で学んでいた。外で遊ぶことの多かったエルナが、アルよりの幼馴染とするなら、中で共に勉学に励んだヴィンはレオよりの幼馴染ともいえた。

　そんなヴィンは六年前。当時十五歳で、見識を深めるため諸外国を回る旅に出た。いつかは皇太子の下、宰相の座につくことを夢見て。

　だが、それは夢と消えた。三年前、皇太子が死んだことでヴィンは生きる意味を見出《みいだ》せなくなり、すべての人間と関係を絶って失踪したのだ。

　幾度もレオは探したが、すべて空振り。手がかりすら掴《つか》めずにいた。当然、多くの騎士がここを訪ねている。それでも見つからないのだ。

「そうでしたか……行き先に心当たりは？」

「申し訳ありません……すでに幾度も探したのです……」

「レオ、無理に聞くのは……」

エルナがそうレオを制すが、レオは頭《かぶり》を振って笑みを向けた。

この状況での笑みはとても不謹慎に見えたが、意味もなくレオが笑うはずもない。

エルナが困惑していると、レオはゆっくりと老人に近づく。そして。

「相変わらず背が小さいね。ヴィン」

「っ⁉」

「レオ⁉」

レオは腰の剣を抜くと老人に向かって振りぬく。

咄嗟《とっさ》に老人は安楽椅子から飛びのき、レオの剣を躱《かわ》した。だが、その代償として長い白髪をレオに持っていかれてしまった。

否《いや》、正確に言うのであれば〝長い白髪のカツラ〟をレオに持っていかれたのだった。

「やぁ……久しぶりだね、ヴィン」

「……どうしてわかった？」

カツラを奪われたヴィンは誤魔化《ごまか》すことはせず、付け髭《ひげ》と声色を変えていた魔導具も取ってレオの前に姿を晒《さら》す。

暗い金髪に同様の瞳。背は小さく、一見すると子供に見えるが子供というには目つきが悪すぎる。

鋭い三白眼は他人を牽制《けんせい》するには十分すぎるほどで、整った容姿も相まって鋭い短剣のような印象を他者に与える。

　男の名はヴィンフリート・トラレス。皇太子がその才能を認め、いつか自分の良き臣下にと弟のように可愛《かわい》がったレオの幼馴染だ。

「一つはこれだけ探しても見つからない以上、君はきっと目に見える場所にいると思ってた。こちらが気づかないだけでね。二つ目はこの家が綺麗《きれい》すぎた。綺麗好きな君らしいけど、老人でここまで綺麗にするのは無理だ。そこまで裕福というわけでもなさそうだし、誰かを雇ったというのも考えにくい」

「それだけで老人に剣を向けたのか？　しばらく会わない間にずいぶんと手癖が悪くなったな？」

「ちゃんと反応できないなら止めたよ。それに確信もあった。君なら変装してお祖父さんに成りすますくらいやるだろうなってね」

「ちっ……」

　舌打ち後ヴィンは付け髭をテーブルに放り投げ、無造作に安楽椅子に座る。

　その態度と口調は皇子に対して非礼ではあるが、それは昔からだった。一応は最初、敬語を使ったヴィンに対して、そういうのは別にいいと言ったのはレオのほうだからだ。

　それ以来、ヴィンはレオに敬語は使わないし、礼儀も尽くさない。皇太子からも実の弟のように接してやってくれと頼まれていたからだ。

「わざわざ何のようだ？」

「わからないかい？」

「ふん、オレを軍師にって話か？　やめとけ。オレはお前が思うほど優秀な軍師じゃない」

「君が無能なら世の中の人は大抵は無能だよ」

「無能ではないことは認めるが、有能でもない。軍師なんてやってる奴らの中じゃオレは凡人と変わらない。お前が望めばオレ以上の軍師はそこら中から湧いてくるだろうさ。そういうわけだ。帰れ」

　ヴィンはレオを鋭く睨《にら》みつける。

　だがレオは気にした様子もなく、ヴィンに手を差し出す。

「そういう風に言える君だから僕には必要なんだ。能力は二の次だよ。僕には君のような軍師が必要だ」

「ずいぶんと自分の都合を押し付けるじゃねぇか。オレにはお前の軍師をする必要性がないんだが？」

　そう言ってヴィンは軽くレオの手を払う。その行動にエルナが眉を顰《ひそ》めて一歩前に出た。

「相変わらずね？　ヴィン」

「お前も相変わらずみたいだな。エルナ」

「人はそうは変わらないもの。あなたの背みたいにね」

　エルナは最大限の皮肉を込めて、ヴィンの背に言及する。全然伸びない背はヴィンにとって致命的なコンプレックスであり、他人に触れられると怒るポイントだった。

しかし。

「そうだな。お前の胸も成長がないみたいだしな。お互いに悲しい身だな」

「なっ⁉」

「他人の身体的特徴を攻撃するなら、自分も攻撃されてしかるべきだよな？　貧乳」

「このっ！」

「エルナ。言葉じゃヴィンには勝てないよ」

レオがやんわりとエルナを制す。

そして笑顔のまま引き下がる。

「今日はいきなりだったし、ひとまず帰るよ。また明日来るからそのときに話そう」

「何度来ても一緒だ。オレはお前の軍師にはならん」

「君の気が変わるまで来るよ」

そう言ってレオはエルナを連れてその場を後にする。

残されたヴィンは去り行くレオの背を見て、小さく舌打ちをした。

「ちっ……あくまで説得か。相変わらず甘ちゃんだな」

強引にでも連れて行くか、従わせるか。そういう手段を取れないのはレオの弱みといえた。

同時に美点でもあるのだが、やはり弱みという部分が勝る。レオがしているのは帝位争いだからだ。

そんな分析を思わずしてしまったヴィンは、バツが悪そうな表情を浮かべ、イライラした様子で部屋の掃除を始めるのだった。

2

「相変わらずだったわ！　礼儀知らずで人の気にしてるところばかりを攻めてくる嫌な奴！」

「エルナが背のことに触れたからでしょ？」

「思いつきで貧乳なんて言葉出てくるわけないでしょ！　久々に私を見た時点で、そういう最低な印象を抱いていたに違いないわ!!」

　そう言ってエルナは顔を真っ赤にする。

　そんなエルナを見て、レオは触らぬ神に祟《たた》りなしとばかりに口を閉ざす。アルならばお前の体つきじゃ仕方ないと余計なことを言って、エルナの神経を逆なでするだろうが、女性に対して紳士的なレオはその類の発言はしない。

　だが、そのせいでエルナの怒りは長引く。当たる相手がいなければ怒りは収まらない。アルがあえて余計な発言をするのは、そういう怒りを発散させる意味合いもあるのだろうなとレオは推察する。

　そしてそういう推察をするがゆえに、レオは是が非でもヴィンを引き込まなければいけないと思っていた。

「覚えておきなさい、ヴィン！　帝都に戻ってくるなら容赦はしないわ！」

「そんなこと言って、ヴィンが本当に来なかったらどうするのさ」

「ヴィンなんていなくてもレオは平気よ！」

「そうだといいけど……残念ながら僕は万能からは程遠い。力も足りなきゃ、思慮も足りない。僕は一度決めたことは絶対に貫き通したい。けど、僕はその貫くやり方が下手だから周りに迷惑をかける。ヴィンならきっと、僕の望みを叶《かな》えつつ、安全な方法を考えてくれる。文句は言うだろうけどね」

「そうね。大量の皮肉が飛んでくるわよ？」

「いいさ。僕が本気で皇帝を目指すなら……父上にとっての宰相のような存在が必要だ。それはヴィンしかありえない」

そう言ってレオは決意を固める。

自分をコントロールできる人物。レオはそんな人材を求めていたのだ。

■■■

「おはよう、ヴィン」

次の日の朝。レオはヴィンの家を訪ねた。

読書をしていたヴィンは嫌そうな顔をしながら告げる。

「読書の邪魔だ。帰れ」

「邪魔しないよ」

「そこにいるのが邪魔なんだ。視界に入るな」

「じゃあ終わるまで外で待ってるね」

「……」

そう言ってレオは笑顔で家を出ていく。

そして村の者と親しげに交流を始めた。荷物を持つ夫人を助けたり、村の農作業を手伝ったり。およそ皇子とは思えない行動にヴィンは舌打ちをする。

美点だ。間違いなく美点だ。かつての皇太子もそうだった。

「……」

「レオは良い主《あるじ》だと思うけど？」

「ちっ……人の家に勝手に入るな」

「ちゃんと声をかけたわよ？」

「オレに聞こえてない」

「耳が遠くなったんじゃないかしら？　お祖父さんのフリなんてするから」

言いながらエルナはヴィンの周りにある本を見る。

政治や軍事に関する本だ。趣味で読んでいるというよりは、勉強のために読んでいる。そんな内容の本ばかりだった。

「軍師の道を諦めたわけじゃないのね」

「……オレにはこれしかないからな」

「それならレオの誘いは願ってもないんじゃないかしら？　強国である帝国の帝位争い。自分が仕えた主を皇帝に押し上げるのは、軍師にとっては誰もが望む舞台じゃない？　その後は皇帝の側近も約束されるわけだし」

「……功名心がないとは言わん。帝国の歴史にオレの名を残したいという思いは確かにある。他者を出し抜き、主を玉座につかせたなら最高の気分だろうさ……だが、オレにはその力がない」

　ヴィンは少し沈んだ表情を見せる。

　それを見てエルナは意外そうな表情を浮かべた。

「あなたが自信をなくすなんて珍しいわね」

「元々、オレは自信なんて持ってない。オレは自分を二流と定義してた。だが、主が〝皇太子殿下〟ならそれでよかった。多くの優秀な臣下を抱え、本人も間違いなく一流。あの人に必要だったのは、いつでも当たり前のことができる臣下。オレはそうであろうとした」

「レオを主として、そうあればいいじゃない」

「レオは皇太子殿下とは違う、優秀だが、まだまだ足りないところも多い。それにレオの軍師となればオレが筆頭だ。求められるものがオレの器を超えている」

「だからレオの軍師にはならないの？　あなたを頼ってきたのよ？　皇太子殿下はあなたにレオを弟のように思ってくれって言ってたじゃない……」

「昔の話だ……諸外国を回って気づいた。軍師なんてやってる奴《やつ》らはみんな化け物ばかりだ。そいつらに交じったらオレは二流どころか三流だった。そんなオレが軍師になれば……きっとレオは負ける。そんなことをすれば皇太子殿下に顔向けができん……」

皇太子が亡くなり、皇太子の側近だった者はそれぞれの道を辿《たど》った。だが、ほかの皇族の下に行った者は少ない。多くは理想の主を失い、隠居を選んだ。それはヴィンも同様だった。

皇太子に仕えることを思い描き、皇太子が作った組織の中で生きることを目標としていた。それが崩れたあと、多くの者が次を描くことができなかったのだ。

「弟のように思ってるから力を貸せないってわけね。自分がレオにつけば負けるから」

「レオにもう一人、優秀な軍師がいれば話は別だがな。奇抜な発想ができる奴がいれば、オレが堅実な策で動ける。だがオレだけじゃ駄目だ。セオリー通りに動いてばかりでは負ける。オレが活《い》きるのは確実に勝てる場面。無理をせず、無駄な犠牲を出さず、勝つべくして勝つ。それがオレのスタイルだ」

「そう。なら安心ね。レオの傍《そば》にもうそういう軍師がいるから」

「なに？」

ヴィンは怪訝《けげん》そうにつぶやく。

そんなヴィンにエルナは笑顔で答える。

「アルはあなたに足りない奇抜な発想ができるわ。奇抜な発想が必要ならアルに頼ればいいわ」

「アルが軍師だと？」

ヴィンにとってアルはいつも勉強を抜け出す放蕩《ほうとう》皇子だった。

ときおりレオの兄らしく優秀さは見せていたが、エルナが軍師と評するほどの傑物にはとても思えなかった。

「ふん、馬鹿馬鹿しい。あいつの評判はこんな村にまで来てるぞ？」

「人の評判ではなくて自分の目で見たら？」

「昔から見ている。あいつがそこまでの人材とは思えんな」

「やっぱり三流ね。人を見る目がないわ」

「なにぃ？」

自ら三流と評していても、それが他人、しかもエルナに言われたとあってはヴィンとしても黙ってはいられない。

普通の女性なら泣き出してしまうだろう目つきでエルナを睨むが、エルナは笑顔を崩さない。

「ちょうどいいわ。今、アルは帝都で貴族と小競り合いをしてるの。そこでアルの成果を見てから決めたら？　アルが私の言う通り、奇抜な発想ができる人材ならあなたはレオの軍師になる。アルが期待外れならあなたはまた静かな暮らしに戻る。文句はないでしょ？」

「オレの処遇をアルの成果に委ねるのか？　あまりにも危険な賭けだぞ？　あいつは面倒なことからすぐ逃げる」

「アルは人を守るときには逃げないわよ。私が言うんだから間違いないわ」

「……勇爵家の次期当主のお墨付きか」

「そうよ。どう？　悪い話じゃないと思うけど？」

「……」

まだ決めかねている様子のヴィンを見て、エルナは苦笑する。

真剣に悩むということは、それだけレオのことを考えている証拠だ。

ヴィンは冷静に自分の力を見極め、勢力を主導する地位についた場合、他勢力に後れを取ると分析している。その冷静さと自分を過大評価しないところをエルナは評価していた。

理想論を追い求めるレオのストッパーとしては申し分ない軍師といえる。

あとは本人の納得次第。

エルナはそう思って家を出る。そして入れ替わるようにしてレオがやってきた。

「エルナと話して気は変わったかい？」

「……わざわざエルナに説得を委ねたのはなぜだ？」

「僕が何を言っても聞かないだろ？　エルナならもしかしたらと思ったんだ」

「だから連れてきたのか？」

「ううん、思いつきだよ。普通に護衛としてついてきてもらったんだ。ぞろぞろと護衛を引き連れちゃ村の人に迷惑だしね」

そう言ってレオは笑顔で窓から外を見る。

農作業に向かう者や、山で狩りをしてきた者。編み物をする夫人や遊ぶ子供たち。

穏やかな光景がそこにあった。

「いい村だね」

「どこにでもある田舎村だ」

「良いことだよ。こんな村がどこにでもあるならね。でもまだ足りない。求めだしたらキリがないのはわかってるよ。全員を救えないってことも。だけど、悲しみに泣く人は減らしたい。その努力はやめたくない。僕は……〝皇太子ヴィルヘルム〟の跡を継ぐ。そのためにヴィン、君が必要だ。どうか力を貸してほしい」

　そう言ってレオはヴィンに手を差し出す。

　幼き頃、その才能を認めて皇太子は同じように手を差し出した。そのときのことを思い出し、ヴィンは目を瞑《つぶ》る。そして。

「……帝都にはついていく。だがお前の軍師になるかどうかはアル次第だ」

「兄さん次第？」

「アルがオレの欠点を埋められる存在なのかどうか。それを見極める」

「そっか……ならようこそ、僕の勢力へ」

「お前……人の話を聞いてたか？」

「聞いていたよ。兄さん次第だって言うならもう決まったようなもんだよ。僕の自慢の兄さんだ。きっとヴィンのお眼鏡にかなうさ」

　レオは一切の迷いもなく言い切った。

　双子ゆえの信頼。そう取れなくもないが、ヴィンは二人の間にそれ以上の何かを感じた。まるで共に戦場を駆け抜けた戦友のような絆《きずな》を。

血縁だけではない信頼関係。それを垣間見《かいまみ》たヴィンは、面白いとばかりにニヤリと笑う。

「上等だ。そこまで信頼するなら見せてもらおうか。アルのお手並みとやらを」

そう言ってヴィンはレオの手を取ったのだった。

3

白鷗《はくおう》連合が結成されてから早くも一週間ほどが経《た》った。

そんな日の早朝。俺は父上の部屋の前にいた。

「殿下。陛下はまだご就寝中です」

寝ているから会えないと護衛の騎士が俺に告げるが、そんなの正直関係ない。

「緊急の用件だ。通してくれ」

「そういうわけには参りません」

「俺は父上のせいで面倒事に巻き込まれてるんだ。早起きくらいしても罰は当たらんさ」

そう言って俺は騎士の制止を振り切り部屋の扉を開ける。

すると中にあるベッドで父上が体を起こしていた。

「申し訳ありません、陛下」

「よい、下がれ。アルノルトの用件を聞こう」

そう言って父上は騎士を下がらせる。そして俺を見てため息を吐《つ》いた。

「お前はワシが皇帝だということをときおり忘れるのではないか？」

「御無礼をお許しください。急ぎの用があったので」

「今日は妙に殊勝だな？」

俺が素直に頭を下げたことに父上はやや困惑した様子を見せる。

いつもの俺なら父上の言葉に軽口で返すからだ。

まぁそういう態度でも別に構わないんだが、一応丁寧な態度でいたほうがいい。そのほうが万が一のときに得だからな。

「さすがに陛下の安眠を邪魔して強気ではいられません」

「そうか。それで？　用件は？」

「帝都を視察する許可をいただきにまいりました」

「視察？　いつものように勝手に行けばよいだろう？」

「陛下の許可が欲しいのです」

俺の言葉の意味を察した父上はため息を吐くと、ベッドの横に置いてある指輪の一つを投げてよこした。

そこには黄金の鷲《わし》が彫られていた。皇帝がつける装飾品の一つであり、これを持っているということは皇帝から認められているということだ。

「それで好きにせよ」

「ありがとうございます。陛下」

「〝陛下〟か……今日はずいぶんと行儀がよいのだな？」

「これから行儀が悪くなるので……」

そう言って俺は一礼して父上の部屋を去った。その帰り道。セバスが俺の後ろに現れる。

「監視は？」

「ありません」

「馬鹿な奴らだ」

「そこまで警戒する注意力を持ち合わせているなら、皇族に喧嘩《けんか》を売るようなことはしないでしょう」

「それもそうか。さて……今回は徹底的にやるぞ」

「はっ、かしこまりました」

皇族に喧嘩を売るっていうのがどういう意味を持つのか。

考える頭のない奴らに教えてやるとするか。

■■■

「アル様。今日はどちらへ？」

「いろいろさ。帝都の様子を見て回る。レオがいないからレオの代わりだな」

俺は馬車の中でそうフィーネに説明した。

表向きはレオの代わりの視察ということになっている。それはすでに白鷗連合にも伝わっているだろう。なにせあえて何日も前に情報を流している。

彼らは俺を排除するために嫌がらせを仕掛けてくるだろう。俺を排除しなければフィーネに近づくことはできないし、そもそものために結成された組織だからだ。

自分たちが認めない者がフィーネの傍にいることは許さない。極端だが奴らの考えはそういうことだ。そこにフィーネの考えや感情が入ることはない。

ふざけた話だ。そしてふざけたことをする奴らにはふざけた方法で返させてもらう。

「ついたか」

そう言って俺は馬車が止まったのを確認し外に出る。

最初の目標はそこそこ名の知れた高級宿。立派な宿を見ながら俺はフィーネと共に店に入ろうとするが、中から出てきた店主が薄ら笑いを浮かべながら告げた。

「これは殿下。なにか御用でしょうか？」

「ちょっと視察にな。どうだ？　調子は」

「ぼちぼちといったところですな」

「そうか。中を見せてもらってもいいか？」

俺の言葉を待っていたと言わんばかりに店主は頭を下げる。

まぁ予想通りの反応だ。

「申し訳ありません。我が宿は最近、女性専用に切り替えておりまして……いくら殿下といえど中に入れては評判が……」

「俺を入れられないと？」

「いや、そういうわけでは……レオナルト殿下ほどの名声があるお方なら周りも文句は言わないんでしょうが……いえいえ、殿下に名声がないと言っているわけではありませんよ？」

軽薄な笑みを浮かべて店主は弁明を続ける。

長々と話しているが、結局は評判の悪い俺を中に入れたら店の名前に傷がつく。そういうことだ。

「いつから女性専用なんかになったんだ？」

「つい最近です。いやぁ、タイミングが悪うございました。どうでしょうか？　殿下はここでお待ちいただき、フィーネ様だけが中を見るというのは？」

そんな提案を店主はしてくる。

こうやって嫌がらせを続け、フィーネの傍《そば》にいることを苦痛に感じるように仕向けようとしているんだろうな。

まったく……浅はかで呆《あき》れさせてくれる。

「店主……一つ確認しておくが……本当に女性専用の宿なんだな？」

「ええ、もちろんです」

「そうか。じゃあこれが見えるか？」

そう言って俺は指輪を見せる。

そこに刻まれた黄金の鷲の意味を知らん奴《やつ》なんて帝都にはいない。黄金の鷲は帝国の象徴。

その紋様を使えるのは皇帝だけだ。

「そ、それは!?」

「俺は皇帝陛下の許可を得て、ここに視察に来ている。それを拒むということは皇帝陛下を拒むということだが……いいんだな？」

「そ、そんなことは!?」

「だがお前は俺を入れられないと言ったはずだぞ？」

「そ、そういうことではないのです！　そのような意味で言ったわけでは！」

必死に弁明しようとする店主の肩に俺は手を置く。

そして店主にだけ聞こえるようにつぶやいた。

「三日前から急遽《きゅうきょ》女性専用の宿などと宣伝しはじめたのを知らないと思ったか？」

「ひっ……！　で、殿下……」

「女性専用の宿なら中に男の客はいないな？　店主」

俺はジッと店主を見つめる。

店主の体が震え、異様な汗をかき始めた。俺に嫌がらせをしようと企画した奴ならきっと特等席でそれを見物しようとするだろう。たとえば店の客室とかな。

「中を探れ。もしも男性客がいた場合は身分を問わず連れて来い。フィーネに危害を加えようとした疑いがある」

「はっ！」

俺の護衛としてついて来ていた騎士たちが宿の中に乗り込む。店主はもはや声も出ない様子だった。

そんな店主を放っておいて、俺は宿の中へと入る。中では女性の店員たちが怯《おび》えた様子で騎士と俺を見ている。

しばらく待っていると、騎士たちによって一人の男が連行されてきた。

「これはファーナー伯爵。ここでなにを？」

「殿下、これはどういうことですか？　いくら殿下でも横暴では？」

ファーナー伯爵は金髪の大柄な男だ。年は二十代半ば。日頃から俺に対して色々と文句を言っている貴族の一人だ。

騎士に腕を掴《つか》まれてファーナー伯爵は不愉快そうに眉を顰《ひそ》めている。どうやら自分の状況がわかっていないらしい。

「横暴？　言葉の使い方に気をつけろ。俺は俺の正当な権利の下で宿を捜査しただけだ」

そう言って俺はファーナー伯爵に指輪を見せる。するとファーナー伯爵の顔色が変わる。

どこか余裕のあった今までの表情から、まずいといった表情に変化したのだ。

「さて、ファーナー伯爵。質問に答えてもらおう。女性専用の宿で何をしていた？」

「そ、それは……」

「皇子である俺すら拒否される宿だ。真っ当な手段で入れるわけがない。そうだろう？」

「で、殿下……これは何かの間違いで……」

「店主は俺の出入りを禁止し、フィーネだけを中に入れようとした……フィーネに何かしようとしたんじゃないか？」

「ち、違います！」

　ファーナー伯爵はそう否定して身をよじるが、屈強な騎士たちによってその場で膝をつかせられる。そんなファーナー伯爵の前で俺は言葉を続ける。

「ではどんな理由でここにいた？」

「……で、殿下に嫌がらせをしようとしていました」

　嘘《うそ》をついてフィーネに何かしようとしていたと疑われてはたまらないと思ったんだろう。

　正直にファーナー伯爵はそう告白する。だが、それはそれで悪手だ。

「ほう？　つまり伯爵は皇帝から正式に許可を得て視察にきた俺の邪魔をしようとしたってことだな？」

「ち、違います！」

「なにが違う？」

「へ、陛下からの許可があるとは知らず……」

　ファーナー伯爵の言い分に俺は鼻で笑う。ファーナー伯爵はそのまま項垂《うなだ》れるが、俺は髪を摑んで顔をあげさせる。そして。

「いつも俺が馬鹿にされるのは皇族としての責務を果たしていないからだ。だが、今回は陛下の許可がなかったとしても、帝都の視察という皇族としての責務を果たしている。そんな俺の邪魔をしようとしただけでお前は十分に重罪だ」

「そ、そんな！」

「個人としての俺を馬鹿にするのは自由だが、皇族の一員である俺を馬鹿にして、何かしようとすればどんなことになるか。お前は想像力を働かせるべきだったな」

そう言って俺はファーナー伯爵の髪から手を放す。するとファーナー伯爵は振り絞るようにつぶやいた。

「お、お許しを……今までの非礼は謝罪いたします……」

「許す？　そんな時期はもう過ぎた。お前らは越えてはならない一線を越えたんだ！」

俺はファーナー伯爵の横っ面に裏拳を喰《く》らわせる。

強く殴られたファーナー伯爵は口から血を流すが、構わずに俺は指示を出す。

「ファーナー伯爵を拘束しておけ。すべてが済んだら投獄する」

「はっ！」

そう言って俺は踵《きびす》を返す。ここで揉《も》め事を起こして時間をかけるとほかの奴らが尻尾を出さない可能性がある。

周りにいるだろう向こうの監視はセバスが無力化しているし、騒ぎを大きくしなければ気づかれる心配はない。そんなことを思っていると俺の足に店主が縋《すが》りついてきた。

「で、殿下！　お許しください！　借金があったんです！」

店主は床に頭をこすりつけて言う。

だが俺はそんな店主の弁明に肩をすくめた。

「金に目が眩《くら》んだと？」

「はい！　申し訳ありません！」

「それで借金は？　返したのか？」

「はい！　それはもう！　すぐに！」

馬鹿な奴はすぐにわかる嘘をつく。俺は頭を下げる店主の肩に手を置いた。

「お前の借金はすべて俺が立て替えてある。今、お前に金を貸しているのは俺というわけだ。この店の開業資金だな？　返したというならすぐにわかるはずなんだが？」

「え……？」

「一つ、お前はまず皇族の俺を店に入れなかった。二つ、皇帝の許可を得た視察を受け入れなかった。三つ、金を借りている相手を迎え入れなかった。これだけでも十分非礼だが、最後の四つ目がいけない。お前は嘘をついた」

「あ、あ、ああ……お、お許しを……」

「店の者をすべて捕らえろ。店主はもちろん従業員、関係者すべてだ」

「殿下。そのようなことをすれば評判が悪くなりますが？」

静かに俺の行動を見ていたマリーが進言してくる。たしかにここで店主たちを捕らえる意味はない。問題が大きくなるだけだ。だが、それでいい。

「評判なんて今更俺が気にするわけがないだろ？　それともこいつらに罪がないと？」

「そういうわけではありません。ですが、小さな罪です」

「小さな罪でも罪は罪だ。捕らえろ。それと店主、当然ながら店は潰す。皇族と貴族、子供でもわかる力関係を勘違いしたのが運の尽きだったな」

もはや店主は言葉も発することができない様子だった。

その場をマリーに任せ、俺は店を出る。そこではフィーネが泣きそうな表情を浮かべて待っていた。

「アル様……」

「しばらく我慢してくれ」

「……はい」

一言そう告げるとフィーネは俺に頭を下げる。

そして俺たちは馬車に乗って次の目的地へと向かう。

さらなる不届き者を捕らえるために。

4

次に俺が訪れたのは帝都で人気の料理店。

フィーネと店に入ると、すでに数組の客が席についていた。

「お待ちしておりました。アルノルト殿下、フィーネ様」

そう言って俺たちは店の中央の席に案内された。

今のところ不自然な点はない。視察ということを伏せて、この店を予約したわけだし当然といえば当然だ。この店からすれば俺たちは客なのだから。

だが、この店に白鷗《はくおう》連合に参加している貴族が接触しているのはわかっている。

どんな手で来るやら。そんな風に思っていると良い香りのスープがテーブルに運ばれてくる。

フィーネが先に一口食べて、美味《おい》しそうに笑顔を浮かべた。

「美味しいです！」

「そうか」

そう言って俺はスプーンでスープを掬《すく》い口に含む。

すると一斉に辛味と苦味の二つが襲ってきた。思わず顔を歪《ゆが》めて俺はスープを睨んだ。

「なるほど……そう来たか」

地味な嫌がらせをしてくれる。ここで騒いでもいいが、まだ俺の味覚が駄目なパターンも考えられる。もうしばらく様子を見るか。

たぶん結果はわかっているけれど。

「シェフを呼べ!!」

大声で俺はそう叫ぶ。

口の中ではいまだに不快な甘みが広がっている。今、食べたのは肉料理だ。それなのにデザートみたいな甘い味がした。どう考えても不味《まず》い。

わかっていたが、俺の味覚の問題じゃない。

「お呼びでしょうか。殿下」

そう言って出てきたのはスラリとした三十代の男。

自分の腕だけで料理店を大きくしてきたシェフであり、帝国だけではなく各国の料理も提供できるのが売りだ。

普段から良い物を食べているフィーネが称賛したように、腕は確かだ。それゆえに残念だ。

「俺にだけ違う料理を出してないか？」

「まさか！　そのようなことをするはずがありません！　もしやお口に合いませんでしたか？」

「ああ、とても食えたもんじゃない！」

そう俺が叫ぶと周りの客がひそひそと喋《しゃべ》り始める。

「出涸《でが》らし皇子は味覚も出涸らしらしいな」

「ここの料理の味がわからないなんて……哀れね」

「自分の口に合わないからってシェフに当たるなんて……良識はないのか！」

「やめておけ。いつも遊んでばかりの皇子だ。良識なんて身につかんさ」

「やはりレオナルト皇子と双子だというのが信じられん。儂《わし》はレオナルト皇子は評価しているんだが、兄があの調子ではな……」

「もうちょっと行動を改めようという気にはならないんだろうか。出涸らし皇子と呼ばれて悔しくないというのが情けない」

「まったくだ。皇族の恥さらしめ」

周りからコソコソとそんな悪口が飛んでくる。

フィーネが眉を顰めて立ち上がろうとするが、それを俺は手で制す。

そしてシェフに向かって告げる。

「シェフは料理人として誇りを持っているか？」

「もちろんです」

「よろしい。では食べてみろ。そして自分の料理人の誇りに従って感想を述べろ」

そう言って俺はシェフに食べた料理を勧める。

シェフは慣れた手つきでフォークを手に取り、自分が作った肉料理を口にする。

微《かす》かに顔を歪めながらも料理を飲み込む。

「どうだ？」

「しょ、少々味付けが甘かったかもしれません……ですがこういう料理なのです」

「そうか……最後のチャンスをフイにしたな」

言いながら俺はテーブルに指輪を置く。それを見てシェフは顔を青ざめさせた。

「黄金の鷲《わし》の指輪……」

「そうだ。皇帝陛下の代理人を示す指輪だ。今、俺は皇帝陛下の代理として帝都の視察をしている」

そう俺が宣言すると、周りにいた客の一人がそそくさと立ち上がる。

だが、それは入り口を固めていた近衛《このえ》騎士たちが阻止した。

「お座りを。殿下がお話しになっている最中です」

「きゅ、急用が……」

「皇帝陛下の代理を軽んじられると？」

近衛騎士に脅された客は泣きそうな顔で自分が座っていた席に戻る。

どの客も顔色が悪い。いくら貰《もら》ったか知らないが、馬鹿なことをしたもんだ。

「さて、俺の言葉が誰の言葉を意味するかわかるな？　シェフ」

「は、はい……」

「では質問に再度答えてもらおう。この料理の感想は？」

「……お、お許しください……!!　殿下……!!」

シェフはその場で跪《ひざまず》いて許しを乞う。それを見ても俺は質問を変えない。

「この料理の感想は？」

「……不味いです……」

「故意か？　偶然か？」

「……」

「すでに一度嘘をついている。二度目はおすすめしないぞ？」

「……わざとです。わざと殿下に不味い料理を出しました……」

「なるほど。個人的な恨みではないな？」

「はい……」

項垂《うなだ》れたままシェフは動かない。そりゃあそうだろうな。料理人にとって一番やってはいけない行為をして、それを認めたんだからな。

これで平気な顔をしている奴《やつ》ならここまで店は人気になってない。

本当に惜しいことをしたもんだ。

「店内を探せ。どうせどこかにいる」

「はい。かしこまりました」

数人の騎士が店内の捜索に向かう。裏口から逃げようとしてもそこはすでに固めてある。逃げるのは不可能だ。

しばらくすると背の低い男が騎士によって連れて来られた。

「放せ！　僕が誰だかわかっているのか⁉」

「もちろん存じています。ゼッフェルン伯爵」

　ゼッフェルン伯爵。年は二十代後半。

　帝都の貴族の中では金を持っているほうで、それを使って手広くやっている貴族だ。それと美人な貴族に結婚を申し込むことで有名で、たしかエルナにも結婚を申し込んだことがあるはずだ。勇爵にその場で断られたらしいが。

「ご機嫌よう。ゼッフェルン伯爵」

「アルノルト殿下！　あなたの部下に乱暴をされた！　どう責任を取ってくださる!?」

　この期に及んでよくもまぁ偉そうにできるな。

　まぁファーナー伯爵と違って、今回は完全な嫌がらせだしな。シェフが嘘《うそ》をついていると言い張ることもできる。

　ファーナー伯爵よりは絶望的な立場じゃない。といっても、強気に出られるのはどうかしてるけど。

「責任？　それはこちらの台詞《せりふ》だが？」

「僕が何をしたと？」

「今、俺は故意に不味い料理を出された。その店の中になぜかあなたがいた。一体何をしていた？」

「店の見学ですよ！　今度、料理店でも出そうと思ってましてね！」

　偉そうにゼッフェルン伯爵は告げる。

　それでもおかしな話なんだが、本人としてはそれで切り抜けられると思っているらしい。

　そんなゼッフェルン伯爵に俺は指輪を見せる。この様子じゃ状況を把握していないようだしな。

「これが何かわかるか？」

「そ、それは……皇帝陛下の指輪!?　どうして殿下が!?」

「陛下の許可を貰って、帝都の視察中だからだ。その最中《さなか》にわざわざ俺に不味い料理が出された。これは陛下に不味い料理を出したと同義だ。そうだな？」

「そ、それは少々飛躍した理論では……？」

「まぁそれを判断するのは俺じゃない。誰が仕組んだことなのか調べるためにこの場の全員を逮捕する。もちろんあなたもだ」

「それは横暴ではありませんか！　なぜ無実の僕が!?」

「無実かどうかを調べるためだ」

　俺がそう言うと騎士たちが客と従業員を捕らえ始める。

　それを見てゼッフェルン伯爵は狼狽《うろた》えた様子を見せた。しっかりと調査すればゼッフェルン伯爵が金を出したことはわかるからだ。

「ゼッフェルン伯爵。嘘をつけば罪は重くなるぞ。これは皇帝陛下の審問に等しい。欺けば極刑もありえる」

「極刑!?　そ、そんな馬鹿な!?」

「馬鹿な話でもない。十分にあり得る話だ」

俺の言葉にゼッフェルン伯爵は押し黙る。

嘘をつけば罪は重くなる。しかし正直に言えば確実に罪に問われる。

しばらくの沈黙のあと、ゼッフェルン伯爵は後者を選択した。

「……僕が指示しました……」

「そうか。なぜだ？」

「い、嫌がらせをすれば……殿下はフィーネ嬢から離れると思いました……」

「浅はかだな」

そう断じるとゼッフェルン伯爵が俺を睨みつけてくる。だが、その目を俺は真っすぐ見据えて返す。わりと本気で。するとゼッフェルン伯爵は震えて、汗を大量にかき始めた。

「あ、ああ……」

「フィーネのことを何も考えず、自分たちの都合で動く。お前たち白鷗《はくおう》連合には反吐《へど》が出る。罪を認めた以上はしっかりと牢《ろう》に入ってもらうぞ？」

「は、はい……」

俺に睨みつけられ、心を折られたゼッフェルン伯爵は静かに返事だけをする。

だが、その程度ではこいつは懲りないだろう。

だからこいつにとって絶望的な事実を俺は突きつけた。

「それと裁判が終わったあと、また何かされても面倒だからな。ゼッフェルン伯爵家に関連する店はすべて俺が買い取った。そのほか、お前が主導していた違法な金貸しについても調査させている。この一件が終わったあとはその裁判だろう。それが終わったあとにどれほど金が残っているか楽しみだな？」

「そん……な……お、お待ちください！　どうしてそんなことを⁉　僕が何をしたというんですか⁉」

「自分の胸に訊《たず》ねてみろ」

「……まさか……この程度の嫌がらせで……僕の家を潰すおつもりか⁉」

「この程度？　わかってないな。臣下である貴族が主君である皇族に嫌がらせをすること自体、あってはならないことなんだよ」

「そんな！　あなたを馬鹿にした者は多くいるはず！　なぜ僕だけ⁉」

「安心しろ。お前だけじゃない。馬鹿にするだけじゃなく、公然と行動に移した奴らには徹底的に地獄を見せる。協力した奴らも同罪だ」

　そう言って俺は周りにいた客たちに視線を向ける。

「ひぃぃぃ……」

「お、お許しを」

「命令されただけなんです……！」

　客たちは悪魔でも見るような怯《おび》えた表情で俺を見ている。考えが足りないにもほどがある。皇族を馬鹿にするなんて、小銭稼ぎにしてはリスキーすぎる。まぁ彼らにもちゃんと恐怖を味わってもらおう。

　問題は彼らじゃない。俺は項垂れたままのシェフに目を向ける。

　この世の終わりという顔をしているシェフだが、俺の視線に気づいて顔をゆっくりとあげる。

「で、殿下……」

「金に目が眩《くら》んで料理人としての誇りを売ったのが運の尽きだったな。俺が何もしなくても、今回のことで店は潰れるだろう。客にあえて不味い料理を出す店に誰も来やしない」

「……はい……申し訳ありません……」

　そう言ってシェフはポロポロと涙を流し続ける。

　この分じゃ牢で自殺でもしかねないな。金に目が眩んだ以上、自業自得ではあるが命まで支払うほどのことでもない。

　そんな風に思っているとフィーネがそっとハンカチをシェフに差し出した。

「どうぞ」

「……受け取れません……お許しを……」

「そうですか。ではここに置いておきますね。落ち着いたら涙を拭いてください。そして自分がしたことを悔やみ、反省したならもう一度料理を作ってください」

「フィーネ様……」

「美味《おい》しかったですよ。あなたの本当の料理は。次はアル様にも食べさせてあげてください」

「……はい……」

振り絞るようにシェフは答える。

フィーネはそれを見ると、スッと一歩下がって頭を下げた。

余計なことをしたとでも言わんばかりの態度だ。

正直助かったんだが……まぁ今は態度には出せない。

「この場は任せる。拘束しておいてくれ」

「はい。かしこまりました」

「フィーネ。次に行こうか」

「はい……」

まだ続くことにフィーネは悲しげに視線を伏せるが、嫌がったりはしない。

必要なことだと理解してくれているんだろう。

「これで二人。残りもさっさと済ませるとしよう」

そう言って俺はフィーネと共に馬車に乗ったのだった。

5

料理店のあと、さらに二軒の店を回って二人の男爵を確保した。

今日の予定にある視察場所は残り一つ。こちらの予定をあえて流していた以上、最後の場所にも貴族たちがいるはずだ。

まぁ今までどおりとはいかないだろうな。最後の場所は。

「あとは帝都の最外層ですか……」

「ああ、そういうわけだからもう終わりだと思っていい」

「え？」

不思議そうにフィーネが首を傾《かし》げる。

まだまだ続くと思っていたのだろう。困惑した表情を見せている。そんなフィーネに苦笑しつつ、俺は告げる。

「帝都の最外層に俺が行くとなれば奴らが接触する人物は見当がつく。断言してもいい。貴族が動かすのは無理だ」

「では……終わりですか……？」

「まだ気を抜くわけにはいかないけどな。君が嫌な思いをすることはないだろうさ。すまないな」

素直に俺が頭を下げるとフィーネは慌て始める。

「あ、頭をあげてください！　元々は……私のせいなんです……アル様は何も悪くありません……ただ降りかかる火の粉を払っているだけ……」

「君のせいでもない。いつかはこういう日が来るのはわかってた。気にするな」

「ただ……アル様……このようなことを言う資格はないとわかっています……ですが！」

フィーネが目に涙を溜《た》めながら真っすぐと俺を見てきた。

伝えなければという強い意思を感じる。だから俺は先手を打って喋《しゃべ》り始めた。

「今回はあえて問題を大きくした」

「……え？」

「今頃、法務大臣は頭を抱えて、父上に相談している頃だろうな。すでに逮捕した貴族やその関係者の名前は送ってる。二人の伯爵に二人の男爵。加えて多数の関係者。一日の逮捕者としては異例だろうさ」

「わざと……やっていたのですか……？」

「当たり前だろ？　意味もなく平民の逮捕までやるわけがない。安心していい。彼らが重い罪に問われることはない。数日は牢屋《ろうや》だろうが……まぁそれくらいが妥当だろうさ」

俺が軽い口調でそう言うとフィーネはそのまま顔を覆って泣き始めてしまった。

それを見て胸が痛む。

バレるわけにはいかなかった。だから何も言わなかった。だが、それはフィーネにはとても負担だったことは想像できる。

「すまない。君に演技を頼むわけにはいかなかったんだ」

「うっ……ひっく……私……アル様が……とても怒っていると思って……」

「怒ってはいる。奴《やつ》らのやり方は気に食わない。けど、命令されただけの民にまで何かしようとは思わない。ただ……この面倒な騒動を早々に終わらせるためには俺が暴走していると思ってもらわないといけない」

「暴走……？」

「ああ。権力を持った俺が徹底的にやったら、白鷗《はくおう》連合の連中は慌てるだろうさ。だけど最も慌てるのは彼らの親だ。白鷗連合に参加している奴らはまだまだ若い。爵位を譲っていても実質的な権力を持っているのは彼らの親だ。そして今回の騒動で、俺が暴走すると彼らも他人事《ひとごと》ではいられない。俺がすべての貴族の家を取り潰しかねない暴走の仕方をしてるからだ」

「でも……そんなことになったら……」

　フィーネが泣きながら心配そうな声を出す。俺が恨まれる。俺に敵対する奴らが増える。そのことを危惧しているんだろう。

「平気さ。親世代の奴らは強い力を持つ者を潰そうとはしない。きっと俺との和解を探るだろう。だが、暴走している俺とどうやって和解する？　父上にはさすがに頼めないし、勇爵家は俺に近すぎる」

「では誰に彼らは頼るのですか……？」

「頼れる人たちを手紙で呼んである。俺のことを知っていて、和解を仲介できるだけの家格を持ってる人。一人は君がよく知っている人だ」

「私が……？」

　フィーネはようやく泣き止《なや》み、少し考え込む。

　そんなフィーネの目から最後にこぼれた涙を右手で払ってやり、俺は安心させるように笑う。

「君のお父上だ。申し訳ないがご足労を願った」

「お父さまが⁉」

「とはいえ、問題の中心である君のお父上だけじゃ中立性に欠ける。そこでもう一人、ラインフェルト公爵も呼ばせてもらった。二人なら問題なく俺との仲介をしてくれる。すでに白鷗連合の貴族たちが二人に接触しやすいように、無害そうな奴らを数人離反させた。二人への接触はその数人を使って行われるだろう。離反させた貴族たちにはそういう風に動けと指示は出してある」

若い貴族ばかりの白鷗連合に話し合いは通じない。

話が通じる親どもを引っ張り出さないといけないが、中には引退している者もいる。彼らからすれば息子たちが馬鹿なことをしている程度にしか映っていないだろう。

その認識を改めさせるために、俺は暴走しなきゃいけなかった。

問題を起こして逮捕された貴族はともかく、彼らの巻き添えをくらった民たちは和解が成立した時点で釈放されるだろう。完全にとばっちりだし、そこまで法務大臣も暇じゃないうえに牢も有限だ。

まぁ貴族の釈放とかは俺が飲まないからありえない。あいつらは駄目だ。フィーネへの態度もそうだし、俺への嫌がらせという名目で民を巻き込んだ。

極刑とは言わないが、あいつらの爵位くらいは取り上げてやる。

「つまり……全部アル様の計算通りということですか……？」

「今のところは、な。あとは姿の見えないヴァイトリング侯爵がどう動くかだ。まぁ、どう動いても大丈夫なように準備はしてる。中には使いたくない手もあるけど……それでも一つ言えるのは君が泣くようなことはないってことだ。だから安心してくれ。もう終わりだ。君はいつもどおり笑っていてくれ」

なかなか都合のいいお願いだ。

負担をかけて、泣かしたのは俺だ。それで笑っていろとはふざけた要求だ。

しかしそんなふざけた要求にフィーネは柔らかい笑顔で答えてくれた。

「はい！」

「助かるよ。君はやっぱり笑っていたほうがいい」

「アル様も優しいアル様のほうがいいです！」

「そうか。気をつけるよ」

そんなフィーネの願いに俺は苦笑しながら答えるのだった。

■■■

帝都最外層。

そこにある道場。そこが俺の最後の視察場所だ。

「遅かったな」

「悪かったな」

小さな町道場。そこに入るとガイが怫然《ふつぜん》とした様子で立っていた。そんなガイの前では眼鏡の男が鼻血を出していた。

「ぐっ、くっ……お前！　男爵である私を殴ったんだ！　ただじゃすまないぞ！」

「どうただじゃすまないんだ？　馬鹿な平民に教えてくれるか？　男爵様」

「このっ！　アルノルト殿下！　あなたのご友人に私は殴られた！　これは大問題ですぞ！　あなたでは庇《かば》い切れないでしょう！　謝るなら今の内ですぞ！」

　そう言って眼鏡の男爵は俺に標的を移す。ガイに何を言っても意味はないと悟ったんだろう。だが、俺に何か言うのも間違っている。

「ガイが殴ったなら何か理由があるんだろうさ」

「何もしていないのに殴られたのです！」

「確かに何もしてねぇな。ただアルへの嫌がらせに協力しろって言っただけだ。それが気に食わないから殴った」

「で、でたらめだ！」

　そう言って眼鏡の男爵は狼狽《うろた》える。

　どうしてこう白鷗《はくおう》連合の貴族は浅はかなんだろうか。まぁ浅はかだから帝位争いに加わることを止められ、白鷗連合なんていうくだらない組織を作るんだろうが。

「好きに言ってろ。だが覚えておけ。最外層出身の奴らは金じゃダチは売らん！　俺たちはたしかに貧乏だし、金を求めてる。だが、そういう環境にいるから金じゃ買えないもんはわかってる。あんたら貴族がすぐに捨てる繋《つな》がりを俺たちは大事にしてるんだよ！」

「なにを偉そうに！　私を殴った事実は消えないぞ！」

「訴えたいなら好きにしろ！　皇帝陛下の前でも同じことを言ってやるよ！　金でダチを売ってちゃ情けなくてガキどもの前に立てねぇ！　これでも先生なんでな！」

ガイはそう言うと腰に差していた剣を抜き放ち、眼鏡の男爵に突きつける。

ガイはＢ級冒険者。強さでいえば平均的だ。それでも多数のモンスターと戦い、修羅場を潜《くぐ》ってきた冒険者だ。そんなガイの睨みに眼鏡の男爵は大いに怯《ひる》む。

「おい！　アル！　どうするんだ？　こいつ！」

「投獄だろうな」

「と、投獄!?　私がなぜ!?」

「はぁ……この指輪がどういう意味を持つかわかるか？」

俺は今日何度目かの指輪を見せつける作業に移る。

すると眼鏡の男爵はみるみるうちに顔を青くする。

「そ、それは……」

「皇帝陛下の許可をいただき、俺は視察している。その最終目的地がここだ。そこで質問だが、男爵は何をしている？　ああ、嘘《うそ》はやめておけ。ここに来るまでに何人もの貴族がそれで痛い目を見ている」

「そ、そんな……わ、私は……その……」

「ちゃんと本当のことを話すんだな。俺への嫌がらせを企《たくら》んだのは本当か？」

俺が問い詰めると眼鏡の男爵は抵抗が無意味と察して頷《うなず》いた。

それを確認すると俺は騎士たちに拘束を命じる。

「それで？　これは何の騒ぎだ？」

「フィーネの傍《そば》に俺がいることが気に食わない貴族たちの反乱だな」

「はっ！　ついにその時が来たか。いずれ来ると思ったぜ」

ちょっと嬉《うれ》しそうにガイが語る。

まったくこいつは……。

「嬉しそうだな？」

「そりゃあな。フィーネ様のお傍にいられるわけだし、それくらいの災難は降りかかってもらわないと困る」

「お前なぁ……」

「まぁ安心しろ。俺は強制的に何かしようとは思わん。誰と一緒にいるのが楽しいかなんて、笑ってる顔を見ればすぐにわかるからな」

そう言ってガイは道場の外にいるフィーネに視線を向ける。

フィーネがいることに気づいた近所の子供たちがわいわいと集まっている。そんな子供たちにフィーネは笑顔で対応していた。

「お前の傍にいるときが一番綺麗《きれい》だ。それが答えだろうさ」

「そうか……」

「た・だ・し。フィーネ様に指一本でも触れてみろ？　俺がお前を地獄に送るからな？　エルナがいるからって安心できると思うなよ？　モテない奴の恨みは勇者すら突破するからな？」

「怖いわ……まぁお前が心配するようなことはないから安心しろ」

そう言って俺はガイを宥《なだ》める。

こうして俺とフィーネの長い一日は終わりを告げたのだった。

6

アルが暴走した次の日。城は大混乱に陥った。

大量の逮捕者に加え、その親族や関係者たちが城に詰めかけたからだ。

対応に追われたのは法務大臣とその部下たち。そしてその悲鳴は皇帝の下に届けられたが、一度アルに好きにしろと言った皇帝はこの件に関しては口をはさむ気はないというスタンスをとっていた。

そんな城の中でアロイスは最近知り合った貴族たちと話していた。

「しかし、本当なのだろうか？　あの出涸《でが》らし皇子がこのような行動に出るなんて？」

「それは私も気になっていた。あの皇子らしくはない」

アロイスの周りにいるのは若手貴族ばかり。白鷗連合には参加せず、今回の騒動を冷静に静観していた者たちだ。

　そんな彼らにアロイスはアルの印象を語る。

「会ったときの印象でいえば、さほど意外ではありません」

「どういうことかな？　ジンメル伯爵」

「そのままの意味です。この前、アルノルト殿下にお会いしましたが、とても噂《うわさ》に聞く放蕩《ほうとう》皇子とは思えませんでした。言い知れぬ迫力があったといいますか……正直、怖いと感じたほどです」

「帝国軍一万を退けた君にそこまで言わせるか……」

「それはつまりアルノルト殿下は本物ということでいいのかな？　それなら今後の我が家の動きは変わってくる」

　一人の若手貴族の言葉に周りの者も頷く。

　そのことにアロイスは首を傾《かし》げた。

「どういう意味ですか？」

「レオナルト殿下は素晴らしい才能と器をお持ちだが……いかんせん優しすぎる。そう考えているのは私だけではない。多くの貴族が厳しい決断ができないのではないかと思っているんだ」

「厳しい決断ですか……決断力という点ではあるように思いますが……」

「決断力はあるだろう。ただ厳しい……いや非情な決断はできないように思えるんだ。そこがネックだった。しかし、アルノルト殿下が本物であるならその心配はなくなる。レオナルト殿下をアルノルト殿下が補佐すればいいだけだ」

そう言って若手貴族たちはこれからの帝位争いについて論議を始めた。

ザンドラが退場した今、帝位候補者は三名。エリクがいまだに有利だが、その周りには古くからエリクに付き従ってきた者がおり、新参者が割って入る余裕はない。

そうなると最も注目すべきはレオナルトということになる。誰につくべきか。候補者が絞られ始めた今、貴族たちは慎重に答えを出そうとしていた。

こういう効果も狙っていたのだろうかとアロイスがアルの作戦に感心していると、後ろから声をかけられた。

「ジンメル伯爵」

「はい？」

名前を呼ばれたアロイスが振り向くと、そこには背の高い老人がいた。見た目から察するに五十代後半から六十代前半。やや具合の悪そうな顔色だった。

見たことのない人物であったが、着ている服と雰囲気から高位の貴族と察してアロイスは頭を下げる。

「はじめまして。アロイス・フォン・ジンメルと申します」

「こちらこそ、いきなり申し訳ない。私はエトムント・フォン・ヴァイトリングという」

「ヴァイトリング侯爵ですか？」

「元だ。すでに爵位は息子に譲り、隠居の身なのでな。多くの者はヴァイトリング翁《おう》と呼ぶ」

「なるほど。ではヴァイトリング翁。どのようなご用件でしょうか？」

アロイスの傍で喋《しゃべ》っていた若手貴族たちはエトムントの存在に気づき、背筋を伸ばして立っている。

かつては現皇帝の傍で重臣として仕えた実力者。体調を崩していなければ、今も帝国の要職についていただろう人物だ。若手貴族にとっては雲の上の存在であった。

だが、すでに隠居して表舞台には久しく顔を出していなかった。どうして今、出てきたのか。

考えられるのは息子関連だろうとアロイスは読み、それは間違っていなかった。

「少々確認したいのだ。アルノルト殿下と会ったときに怖いと感じたのは事実かな？」

「はい。噂に聞く人物像とは大きく異なっていました」

「なるほど……まるで別人というほどかな？」

「はい。そうですね」

そのアロイスの答えに何度か頷いたエトムントは、孫に向けるような笑顔を向けてその場を後にする。

緊張の糸が途切れた若手貴族たちは安堵《あんど》の息を吐くが、アロイスは気にせずに考え続ける。

エトムントは何か引っかかっていた様子だった。

もしかしたら自分に気づけない何かに気づいたのかもしれない。

そしてアロイスはさらに思考を進める。気づかない間に自分の知らない策に関わっているのではないかと。

グラウならやりかねない。そんな思いを抱きながらアロイスは思考を巡らせるのだった。

■■■

「お久しぶりでございます。皇帝陛下」

「ああ、久しいな。エトムント」

皇帝ヨハネスは懐かしそうに笑みを浮かべる。体調が芳《かんば》しくないといって隠居してから数年。エトムントが城を訪ねたのは初めてのことだった。

しかし懐かしんでばかりもいられない。

急用があって城に来たことは明らかだったからだ。

「此度《こたび》は謝罪に参りました。息子が帝都を騒がせてしまい、申し訳ありません。父である私の不徳です」

「お前が謝ることではない。息子の責任が父のせいであるならば、ワシも謝らなければならん」

「……アルノルト殿下は間違ってはおられません。性急で強引ではありますが、皇族という立場を考えれば非があるのは息子たちのほうです」

「ふむ……それは承知している。だからこそ、ワシは口を出せん」

ヨハネスの言葉にエトムントは苦笑して首を横に振る。

「無理を言いにきたわけではありません。陛下のお立場はわかります。私なりにやれることはやりますのでご安心を」

「すまんな」

短く謝罪を口にして、ヨハネスはため息を吐《つ》く。そして苦笑しながら切り出す。

「若い頃は互いの息子が揉《も》めるとは思いもよらなかったな」

「まったくです。礼儀は叩《たた》き込んだつもりでしたが、甘かったようです」

「アルノルトは特殊だ。今回のことはワシも驚いている。あれは問題を大きくするタイプではない。だから指輪を渡したのだがな」

ヨハネスは再度ため息を吐き、誤算だった、とつぶやく。

そんなヨハネスを見てエトムントは疑念を口にする。

「陛下から見て……此度のアルノルト殿下はいつもと違いますか？」

「ああ、違う。性急で強引。あれからは程遠い言葉だ。常に飄々《ひょうひょう》としていて、怒りを見せることもない。よほど頭に来たのか、それとも違う理由か。ワシにもわからん」

困ったとばかりにヨハネスは玉座に深く座りなおす。

帝位争いは中断されたというのに、今度は皇族と貴族の争いだ。

「正直、そこまで暇ではないのだがな」

「重ねて申し訳ありません……陛下。私の考えを聞いていただけませんか？」

「なんだ？」

「私もアルノルト殿下は存じています。今、城の中ではアルノルト殿下が怖いという話まで流れているほどで、私はそこに疑問が浮かびます。あの方はどれだけ馬鹿にされようが、貶《けな》されようがすべて受け流してきました。そんな方が他者を怖がらせるほど感情を出すでしょうか？」

「なにが言いたい？　昔からの悪い癖だぞ？　回りくどいのはよせ」

「はい。性急で強引という性質はアルノルト殿下よりも、レオナルト殿下のほうが一致するかと」

　その言葉にヨハネスは目を細める。ありえんと切り捨てるのは楽だった。

　しかしヨハネスの脳裏に自分の部屋を訪ねてきたアルノルトとの会話が思い浮かぶ。

「……アルノルトはワシを〝父上〟と呼ぶ。周りに人がいないなら特に。しかし……」

「思い当たることがあるのですね？」

「入れ替わっているとしたら完璧すぎる。そこまでできるものか？」

「わかりません。しかしアルノルト殿下が変わったというよりはレオナルト殿下がアルノルト殿下のフリをしているほうがしっくりきます。そもそもあのレオナルト殿下がアルノルト殿下のピンチに帝都の外に出るでしょうか？」

「それはそうだが……だとしたらどうする？」

　いまだに半信半疑のヨハネスだったが、もしもそうだとするならいつも馬鹿にされている出涸らし皇子と貴族の争いではなく、帝位候補者と貴族の争いということになる。

　長引けば深刻な亀裂が主君と臣下の間に入る可能性がある。

「早急に和解を求めます。どんな手を使っても」

「それしかあるまいな……」

「陛下……もしもレオナルト殿下がアルノルト殿下のフリをしていた場合、我が息子はもちろん私も許されないかもしれません。ですので……これが最後の会話とお思いください」

「くだらぬことはよせ。いくら任せているとはいえ、そこまではやらせはせん。臣下の命はワシのものだ。息子ごときに好きにはさせん」

「ありがとうございます。ですが、もしもレオナルト殿下なのだとしたら示しがつきません。血を流すならばどうか息子と私だけに。二人の娘は陛下のお役に立ちましょう。どうかお守りください」

「……そんなことはさせんが、承知した」

「感謝いたします」

エトムントは深く頭を下げた。

そしてスッと立ち上がる。

「それでは失礼いたします。和解の手段を探さねばなりませんので」

「ああ。体には気をつけよ」

「はい」

そう言ってエトムントはその場を後にし、城も出ていく。

すでに白鷗《はくおう》連合に参加していた主要な貴族の親たちには声をかけている。

そこで方針を決め、上手《うま》く動かねばならない。

「ごほっごほっ……」

久々に歩き回っているせいで、咳《せき》が出る。

それでもエトムントは歩みを止めない。ヨハネスやフランツと共に作り上げた現帝国。

自らの息子の手で壊すわけにはいかないと強く思っていたからだ。

7

「皆、忙しいところ集まってもらってすまない」

エトムントは高級宿屋に集まった十人の貴族たちに頭を下げて言った。

若い者はいない。世代としては現皇帝と同年代かそれに近い年代の者ばかりだ。

エトムントのように子供に爵位を譲って悠々自適に暮らしている者も少なくない。しかし、この一大事に皆が重い腰をあげたのだ。

「一番忙しいのはあなたでしょうな。ヴァイトリング翁」

「すべて教育が行き届かなかったゆえのこと。息子にはもっと多くのことを教えてから爵位を譲るべきだった」

そう言ってエトムントは暗い表情を見せる。病状が悪化し、まだ十代の息子に爵位を譲った。十分にやっていけると思っていた。それだけ優秀だったからだ。

しかし能力的な優秀さだけでは貴族の当主は務まらない。

「自分の息子が愚かだと見せつけられるのは酷なものですな」

「まったくだ」

参加者たちは口々に言いため息を吐く。今回の騒動の原因は若手貴族側の増長といえた。

「出涸《でが》らし皇子……放置をしたのが失敗だったな」

「ああ、そうだな。本人や陛下が何も言わぬゆえ、こちらも何も言わなかったが最悪な状況になった……」

馬鹿にされて、侮られてもアルは何もしなかった。陰口や悪口は受け流し、暴力には耐えた。エルナがいた頃はエルナが同年代に睨みを利かせていたが、そのエルナが近衛《このえ》騎士となってアルの傍《そば》を離れてからは止める者は誰もいなくなった。

そしてそれが当たり前になった。馬鹿にされて当然の存在。皇族でありながら最底辺。出涸らし皇子という存在が形作られてしまった。

だがそれは錯覚がもたらした存在でもある。どれだけ馬鹿にされていようと、皇族は皇族。

「見逃されていただけなのに、許されていると勘違いしてしまった……子供たちのせいばかりにはできまい。率先して止めるべきだった。どのような振る舞いをしていようと皇族は皇族なのだと。礼儀を欠くなと」

「民が馬鹿にするのと貴族が馬鹿にするのは意味が違ってくる。いずれわかると思っていたが……今の世代の者からすればアルノルト殿下を侮るのは常識となっていたのだろうな」

「今更言っても仕方あるまい。現職の大臣にすらアルノルト殿下を馬鹿にする者はいる。そういう存在となっていたのだ。子供にそれをやめろと言っても聞きはせん。正直、アルノルト殿下にも非はある。少なくとも子供たちを罠《わな》にはめるだけの能力があったのに怠惰な振る舞いをしていたのだからな。年月をかけた罠ともいえる」

一人の貴族の言葉に皆が頷《うなず》く。しかし誰もがわかっていた。たとえそうであっても非があるのは子供たちのほうなのだと。だからこそ彼らはここに集まっていた。

「アルノルト殿下は止まらないとみている。白鷗《はくおう》連合に参加している者たちを一斉に討伐する気だ。それは避けねばならない。自らの家の存続はもちろん、そのようなことになれば帝国が大いに混乱する。ただでさえ帝位争いの最中だというのに、一人の少女をめぐって皇族と貴族が国を混乱させるなどあってはならん」

エトムントがそう告げると誰もが神妙な顔つきになる。

この場に集まった貴族たちは帝国に長年尽くしてきた功労者ばかりだ。そんな彼らからすれば帝国を混乱させるというのは、自らの道を否定することに等しい。

だが、一人の貴族はポツリとつぶやく。

「その一人の少女が帝都に来なければこんなことにはならなかったのだがな……」

「やめんか。フィーネ嬢に責任などない」

「そうは言うがヴァイトリング翁。あの少女は絶世の美女。蒼《あお》い鷗《かもめ》の髪飾りを受け取ったあの日、帝都の若者はみな心を奪われてしまった。あなたの息子もその一人では？」

「たしかにラウレンツはフィーネ嬢に心奪われた。彼女が絡まなければアルノルト殿下にも礼節を尽くしただろう。だが、臣下の恋心がどれほど重要だ？　それで破綻する主従関係などあってはならん。アルノルト殿下の傍にフィーネ嬢がいるならば諦めねばならん。たとえアルノルト殿下とフィーネ嬢が結婚することになろうと」

「若者には難しい話だ。相手は帝国一の美姫《びき》。あの美しさは魔性。レオナルト殿下ほどの名声と評判があれば諦めもつくだろうが……自分が下に見ていたアルノルト殿下では嫉妬心を抑えこめんだろうさ」

　その言葉にエトムントは目を瞑《つぶ》って耐える。そのような擁護を受ける息子が情けなくて仕方なかった。レオはもちろん、誰にも譲れない。それほどの思いなら理解はできる。だが、レオが相手では諦める程度の思いであるならば飲み込むべきだとエトムントは考えていた。

　誰もが口々にラウレンツを擁護する。それだけラウレンツは周りから見ても優秀で有望だった。

　しかし若くして爵位を手に入れ、能力にも恵まれていたせいか、ラウレンツは人並みの苦労を知らなかった。それがエトムントには誤算だった。

　苦労を知らぬゆえに考えが甘く、他者の気持ちに立つことを知らぬ。

　人として小さくなってしまったのだ。

「……皇太子殿下が偉大すぎたか」

　小さくエトムントはつぶやく。皇帝の長子は理想の後継者だった。他の兄弟が競えないほど。

すべての貴族がそれを認めていた。ゆえに帝国は平和だった。皇太子がいる以上は帝位争いは起きないからだ。

そして平和であるゆえ、若者が経験を積む機会が少なくなってしまった。

それでもいいと思っていた。皇太子が皇帝となれば帝国は安泰のはずだった。それが甘い理想だったと知ったのは理想の後継者が亡くなったときだった。

思考が過去へと向かう。だが、それはすぐに引き戻された。部屋に入ってきた来客によって。

「遅れてしまい申し訳ありません。皆様」

「……よく来てくださった。ホルツヴァート公爵」

エトムントは現れた来客、ロルフ・フォン・ホルツヴァートを苦々しげに出迎えた。

エトムントの態度はこの場では特別なものではなかった。なぜならこの場にいる誰もがロルフを歓迎していなかったからだ。

そしてそれはロルフもわかっていた。

「嫌われたものですね」

「理由はご自分が一番よくわかっているのでは？」

「そうですね。たしかに私の息子がヴァイトリング侯爵を唆し、白鷗連合を作るきっかけを与えたのは認めましょう。ですが、私の息子は白鷗連合には参加していません。その前にあった鷗の盟約には加わっていましたが、アルノルト殿下に敵対することを選んだのはヴァイトリング侯爵をはじめとする皆さまのご子息では？」

まったく悪びれた様子もなくロルフは告げ、その場にいるすべての人間を煽《あお》るような笑みを浮かべた。

それはすべて事実だった。ロルフの息子であるライナーは白鷗連合には加わらなかった。作るきっかけを与えておいて、参加しなかったのはなぜか。

こういう結果になったときに中立の立場で和解の仲介をするためだ。

「恨み言を言う気はありません。すべては私と息子の責任。どうかお助け願いたい」

そう言ってエトムントは静かにロルフに頭を下げた。

ロルフはそれに対して笑顔を浮かべて頷く。

「いいでしょう。私の人脈を使ってアルノルト殿下との和解の仲介をしましょう」

「本当にできるのですかな？　あなたのもう一人のご子息はアルノルト殿下と揉《も》めたと聞いたが？」

「事実ですね。しかしアルノルト殿下に直接和解を申し込むわけじゃありません。アルノルト殿下のお母上であるミツバ様にお願い申し上げます。伝手《つて》はありますのでご安心を」

「なるほど。それは安心だ」

すべて計画通りなのだろうとは思っていても、何も言えない。

かすかな苛立《いらだ》ちをその場にいる貴族たちは抱いていた。これは明確な貸しとなる。あとでどんなことを要求されるかわかったものじゃない。

しかし彼らはロルフに頼むしかなかった。話はそのままとんとん拍子で進む。

その間にエトムントはアルとレオが入れ替わっている可能性について説明するべきか迷ったが、口を閉ざすことを選んだ。

ここでそれを伝えたところで何にもならず、不安を煽るだけだからだ。それにまだ確証もない。このまま和解が進むならば胸に秘めておくだけでいい。そんな風にエトムントが考えたとき。

エトムントの従者が慌てた様子で部屋に入ってきた。

「何事だ？」

「はい！　帝都にクライネルト公爵とラインフェルト公爵がご到着されました！　クライネルト公爵は帝都の事情をご存じのようで、何人かの貴族と接触を図っており、ラインフェルト公爵もその動きに乗じるようです！」

「なんと!?　フィーネ嬢のお父上が来られたのか!?」

エトムントは驚いた様子で椅子から立ち上がる。

そしてすぐにロルフを見据えて告げた。

「ホルツヴァート公爵。そういうことです。お話は白紙に戻しても？」

「……仕方ありませんね。仲介というならあちらのほうが適任でしょう。しかし……この状況でお二人が帝都に来るというのも作為を感じますが？」

「それならそれでもかまいませぬ。二人を動かせる人物など限られている。そういう人物の作為なら望むところ」

そう言うとエトムントは一礼して部屋を出ていく。それに続いてほかの貴族も出ていく。

そして残されたロルフは小さく舌打ちをしたのだった。

8

「クライネルト公爵たちとヴァイトリング翁《おう》が接触しました」

「そうか」

暴走を演出してから俺は自室で状況を見極めていた。

幸い、情報収集はセバスに任せておける。すでに俺は帝都では注目される人物だ。下手に動くよりは今はじっとしていたほうがいい。

「それとジンメル伯爵の印象操作によって、ヴァイトリング翁はアルノルト様とレオナルト様が入れ替わっているのではと疑念を抱いているようです」

「なるほど。そっちにとったか」

そう俺がつぶやくと、紅茶を淹《い》れていたフィーネが小首を傾《かし》げて質問してきた。

「そっちとはどういうことですか？」

「単純な話だ。俺はレオらしさを少し演出してた。俺らしくないやり方で怒り、俺らしくないやり方で貴族たちを追い詰めた。それで俺自身の評価が変わるなら変わるで構わないし、レオと入れ替わっていると思われても構わない。どちらともとれるように動いていたんだ」

「そんなことまでしていたんですか……全然気づきませんでした」

「普段の俺を知る人ほど俺の変貌が奇妙に映る。レオと入れ替わっているのでは？　というほうがしっくり来たんだろうさ。まぁどっちでもいいんだよ。俺の評価が変わって、怖い奴《やつ》となったならそれでもいい。無能を演じ続けるのは無理になるが、馬鹿な貴族に足を引っ張られずに済むし、レオの弱点ともいえる甘さを俺が補えると示せる。レオと入れ替わっていると思われたなら、レオも非情な判断ができるという印象が生まれる。レオの甘さに不安を抱えていた貴族たちを動かすことができる。レオにも怖さがあると思えば、暢気《のんき》に傍観もできないからな」

　エリクやゴードンは容赦をしない。味方につかなかった貴族はきっと処刑されないまでも力をそがれるだろう。だが、レオは違う。優しく寛大だという印象があるせいで、傍観し続けても許されるのではないかと思っている者も多い。

　ここで怖さを見せつけられれば、そういう奴らを動かせる。

　レオには申し訳ないが、勢力には得しかないから許してもらうしかない。

「私はレオ様ならああいうやり方はしないはずと思いますが……」

「近しい人間はそう思うかもな。けどそれは一部だ。そういう人間たちですら俺への違和感のほうが勝る。父上にも布石を打っておいたし、流れによってはレオとして振る舞うのもありではあるな」

「それは最後の手段でしょうな。ヴァイトリング翁も確証はないでしょうし、騒ぐとは思えません。どちらとも取れるという風に匂わせて、この問題は終わらせるのが一番でしょう」

「そうだな。レオのフリをするのは大きなデメリットもあるし」

実はレオと俺が入れ替わっていた。こんな噂《うわさ》を流すだけで人の印象は操作できる。事実はどうであれ、もしもレオと俺が入れ替わっていたらと考えるだけで貴族たちは慌てるだろう。正直、実はレオでしたと正体を明かしたくはない。

「どんなデメリットですか？」

「大きすぎるデメリットだ。ここで俺が実はレオと入れ替わってましたと演じたとしよう……あいつが帰ってくるまで俺はレオを演じなくちゃいけない。これはあまりに痛すぎる」

「アル様ならできると思いますけど？」

「できるのとやりたいは別なんだ。人間、背伸びを続ければ限界が来る。あいつのフリして生活するのはもうこりごりだ……」

思い出されるのは南部の二か国に行ったときのこと。

あのとき入れ替わって大変な目に遭った。しかもあのときは海竜まで出現したし、レオと入れ替わるとろくな目に遭わない。

やっぱり今回の一件はセバスの言う通り、どちらとも取れるように終わらせるべきだろう。

「セバス。噂を流して入れ替わりを匂わせておいてくれ。万が一のためにな」

「はっ、かしこまりました」

「フィーネは普段どおりにしていてくれ。状況次第じゃ何か頼むかもしれないが、今は相手の出方を見る」

「はい。ではどうぞ」

そう言ってフィーネは笑顔で俺に紅茶を渡す。

慌ただしい城の中にあって、俺の部屋だけはいつもどおりだった。

■■■

次の日。俺はとある人物から呼び出しを受けて、その人の部屋に向かっていた。

そこは後宮の東側。〝東宮〟と呼ばれる皇太子のための後宮ともいえる場所だ。皇太子が皇帝となると、ここから皇太子の妃《きさき》は皇后として後宮の中央へ移る。

つまりここの主《あるじ》は皇太子妃。ただし現在はこの称号を持つ者はいない。だが、ここで暮らす人はいる。元皇太子妃。皇太子が亡くなったことで未亡人となった女性。俺の義姉。

テレーゼ・レークス・アードラー。かつての名はテレーゼ・フォン・ヴァイトリング。

ヴァイトリング翁の長女だ。

「久しぶりね。アルノルト」

「はい、お久しぶりです。義姉上《あねうえ》。お元気そうでなによりです」

そう言って俺は長い蜂蜜色の髪の美女、テレーゼ義姉上に頭を下げる。長兄が妻とする前は社交界の華として注目の的だった。たしかまだ二十六だし、今もその美しさは変わらないが、皇太子が亡くなってからは影が落ちるようになった。

義姉上は皇太子が亡くなったあとも皇帝の判断で、東宮に住むことを許された。

皇太子のことを忘れられず、もはや前を向いて生きることができないほどショックを受けていたからだ。ひっそりと東宮にて暮らす姿は同情を禁じ得ない。

そんな義姉上が俺を呼んだのは意外だった。皇太子に関する行事以外で動くことがない女性だからだ。

「急に呼び出してしまってごめんなさい……弟のことを謝りたかったの。姉として申し訳ないと思っているわ」

「いえ、そのようなことはお気になさらずに」

俺は片手を前に出して義姉上が頭を下げるのを止める。

こんなことで一々頭を下げてはいけない。この人は順調にいけば皇后になっていた人だ。

「こんなことを言える義理はないのだけど……どうか弟を、ラウレンツを許してくれないかしら？」

それはきっと心の底からの願いなんだろう。

皇太子を失った今、彼女にとってヴァイトリング侯爵家の者が唯一の気がかり。だからこそ今回動いた。だが、それは間違っている。

「とても残念です。まさか義姉上からそんな言葉が出てくるとは思いませんでした」

「……許してはくれないのね」

「はい、許す気はありません。許してもらおうとするなら彼が直接謝罪するべきですから。それと義姉上は何か勘違いしているようですが……兄上に嫁いだ時点で義姉上は皇族の一員です。俺の味方をするのが筋では？」

「それは……」

「ラウレンツ・フォン・ヴァイトリングは皇族である俺に対して、大きな無礼を働きました。これは皇族全体を軽んじる行為です。それを許しては皇族の面子《メンツ》が保たれません」

「……アルノルト。どうかお願い。私にはもう血のつながった家族しかいないの……」

「残念ですが、義姉上の立場ならば血のつながりより皇族としての立場を優先するべきです。今回のことは黙っておきます。あなたが東宮に留《とど》まることをよく思わない者も多いことをお忘れなく」

そう忠告して俺は踵《きびす》を返す。

厳しいようだが、誰かが言わなくちゃいけない。義姉上もここを離れることは望まないはずだ。ここは長兄と過ごした思い出の場所。

彼女にとっては大切な場所であるはずだから。

「アルノルト……皇太子殿下は……ヴィルはあなたのことを買っていたわ」

「それは初耳ですね」

「そんなあなたならヴァイトリング侯爵家を追い詰めることは無意味だとわかるはず……弟はまだ若いわ。どうかやり直すチャンスを与えてあげて……」

「俺よりは年上です。それに最低限の判断ができれば避けられた危機です。自ら皇族に喧嘩《けんか》を売って、返り討ちにあっているだけ。名門貴族の当主としては能力不足といえるでしょう。無能が力を持てば混乱が生まれます。義姉上ならそれくらいはわかるはずです」

「アルノルト……」

「失礼します」

そう言って今度こそ俺はその場を立ち去ったのだった。

9

クライネルト公爵たちがヴァイトリング翁たちと接触して数日。向こうがついにこちらへ接触を求めてきた。それに対して俺はセバスを代理に立てて、会うことはしなかった。

「怒っていたか？」

「怒りよりは戸惑いを感じました。当然でしょうな。大事な和解交渉の場に執事を向かわせたのですから」

「誰が行っても結果は一緒だからな。一応聞くが向こうの条件は？」

「逮捕された貴族たちは爵位を返上。残った主要貴族は爵位を一つ下げることを陛下に申し入れ、残った貴族たちで賠償金を払うというものです」

妥当といえば妥当だな。しかしそんな条件は求めてない。

「却下だ」

「はい。すでにお伝えしてあります」

元々、最初の交渉では却下するつもりだった。

強硬姿勢を崩さずにいくのが方針だ。そのために義姉上の申し出も断った。

「これで向こうも半端な条件じゃ俺が納得しないと思うだろうな」

「そうでしょうな。次はきっとヴァイトリング侯爵の当主辞退を盛り込んでくるかと」

「それが最低条件だな」

「しかしよろしいのですか？　強硬姿勢を保てば思わぬ反発を招くやもしれません」

セバスの言葉に俺は頷《うなず》く。

俺に反感を持ち、和解を認めない者はいるだろう。だが。

「望むところだ。俺がしなければいけないのは和解じゃない。こういうことが二度と起きないようにすることだ。反発するなら結構。不穏分子は叩《たた》き潰《つぶ》すだけだ」

「そういう輩《やから》は和解してもいずれ足を引っ張ると？」

「そうだ。一時の和解ではきっとまた繰り返す。心を折らなきゃいけない。中途半端はしない」

「命を奪ったほうが楽そうですな」

「楽だろうな。だけどそれはしない。こんなくだらない争いで無意味な血は流したくない」

強硬姿勢も結局は早期和解のため。俺にちょっかいをかけるのは得にならないとわかれば、誰も俺にはちょっかいはかけてこない。

互いに不完全燃焼では不満もたまる。どうせ不満を持っているなら、ここで一気に爆発させてほしい。それを叩き潰せばさすがに次はないだろう。

「悪い笑みを浮かべていますぞ？」

「そうか？」

「笑みだけでなく、やっていることも悪いですが。追い詰め、相手の暴発を待っているのはいかがなものかと。向こうがそれを飲み込めば、深い不満を持つ者が生まれます。エリク殿下側に付かれれば不利になりますぞ？」

「飲み込めるほど大人ならこんなことにはなってないさ。誰が暴発するかはわからないが……俺への反感が頂点に達しているならどこかで動く」

まぁわざわざ二人の公爵に足を運んでもらったわけだし。

穏便に収まるのが一番なんだが、そんな結果に収まるとは到底思えない。

感情で動いた奴らだ。最後まで感情で動くだろうさ。

そんなことを思いながら静かに次の接触を待ったのだった。

■■■

一週間後。和解の日が来た。

この一週間の間に貴族たちは様々な条件を出して、俺に和解を求めてきた。

最終的に決まった条件は、ヴァイトリング侯爵家を含む、主要な貴族は当主を引退させ、高額な賠償金をそれぞれ払い、以後、皇族を尊重する旨の文章を提出する。それ以外の貴族は全体で賠償金を払う。逮捕された貴族の処分は法に委ねられる。巻き添えを食らった民たちは無罪放免され、彼らの分の賠償は利用した貴族たちが負担する。

なかなか苦渋の選択だろうな。ヴァイトリング侯爵家といくつかの家は血のつながったほかの家から養子をとらないと跡取りがいない。長女のテレーゼは誰とも再婚しないだろうし、次女の近衛《このえ》騎士団長は多忙すぎて貴族の当主となっても飾りとなる。それでもこの条件を提出してきたのはそれだけ和解を望んでいるからだろう。

「さて、行くか。できればフィーネが動く事態にはならないといいんだがな」

「それは相手次第でしょうな。本当に〝あの方〟が動くとお考えで？」

「さぁな。可能性の話だが……まぁ状況が向こうにとって最悪に迫れば迫るほどありえるんじゃないか？　だからこっちも対抗策を用意しておく」

「なかなか大事になってまいりましたな」

「関わってる人物が大物だからな。本人にはその自覚はないだろうが」

そんな話をしながら俺は〝審判の間〟と呼ばれる裁判の場へと向かう。

今回の和解には父上とフランツも立ち会う。

二人の公爵が仲介する和解だからだ。大げさかと思うが、現在帝都での最大の問題だし、立ち会うのは自然だ。まぁこれ以上揉《も》めるなよ、という圧力とも取れる。

その圧力をモノともせずに行動できる奴《やつ》がいるかどうか。

「見物だな」

審判の間に入ると、和解を仲介したクライネルト公爵とユルゲンがすでにいた。

入り口から見て右側にはヴァイトリング翁《おう》をはじめとする白鷗《はくおう》連合の関係者。その近くにいる蜂蜜色の髪をした美青年はラウレンツ・フォン・ヴァイトリング侯爵。

入ってきた俺をじっと見据えている。瞳の奥に軽蔑の色が見えた。

そのほかの貴族たちも俺を見ている。その目には悪感情が詰まっていた。

なかなかどうして、嫌われたもんだ。

そんなことを思いつつ、俺は入り口から見て左側に向かう。

先に来ていたマリーが場を整えており、俺が位置につくと後ろから小声で段取りについて確認してくる。

「基本的には両公爵が進行します。相手の条件は最後に確認したもので、両公爵の前に文面が置かれて、アルノルト様と代表であるヴァイトリング侯爵が署名することで和解は成立する手《て》筈《はず》となっています」

「そうか。早く終わってほしいもんだ」

「私もそう願います。レオナルト様もこれ以上、大事になることは望まないはずです」

こんなときでもレオ優先か。マリーの忠誠心に内心苦笑しつつ、表では不機嫌そうな態度で相対するヴァイトリング翁を見た。

視線が合うとヴァイトリング翁は静かに頭を下げる。

「久しいな、ヴァイトリング翁」

「お久しぶりでございます。アルノルト殿下」

「隠居したというのにご苦労なことだ。体は大丈夫なのか？　さぞ忙しかったのでは？」

「この程度なら問題ありません。ご心配痛み入ります」

　偉そうな俺に対してヴァイトリング翁は丁寧に答える。

　腰は低い。状況が状況だし、相手が皇子であれば当然といえた。しかしその態度は若い貴族にはお気に召さなかったらしい。

　俺を見る視線の鋭さが増す。しかし、それに気づかないふりをしながら俺は話を続ける。

「そうか。それならその調子で次の当主はちゃんと教育しておいてくれ。問題が起きるたびにヴァイトリング翁が出張るわけにもいかんだろ」

「殿下……すべて私の不徳の致すところ。どうかお許しください」

「許すさ。そちらが提示した条件をしっかり守れば、な」

「もちろんでございます」

　俺たちの会話はそれで終わる。視線はきつくなるばかりだが、すぐに父上とフランツがやってきて、それどころではなくなる。

　その場にいた全員が膝をついて父上に頭を下げた。

「皆、よく集まった。この場が設けられたことをワシは嬉《うれ》しく思う。そしてクライネルト公爵とラインフェルト公爵には迷惑をかけたな。すまない」

「滅相もございません」

「臣下として当然のことをしたまでのこと」

二人は膝をつきながらそう答える。

その答えに満足して、父上は玉座に深く腰をかけながら告げる。

「この場は二人に任せる。うまくまとめろ」

「はっ」

「かしこまりました」

クライネルト公爵とユルゲンは許可を得て立ち上がる。

それに合わせて俺たちも立ち上がり、視線を横へと向ける。その後はユルゲンが司会のような役割を担い、事の顛末《てんまつ》を説明し、和解の条件を確認して進めていく。

それはいたって普通だった。特別違和感もなく、何かしてくる気配もない。

父上の前だからか、それとも二人の公爵の面子をつぶせないからか。

結局、最後の署名の段階まで滞りなく進んでしまった。

「アルノルト殿下、ヴァイトリング侯爵はこちらへ」

そう言ってクライネルト公爵は文面が用意されている台へ俺とラウレンツを呼ぶ。

俺たちは同時に前に出る。

ラウレンツは背の高い美男子だ。何もしなくても女が寄ってきそうな雰囲気があり、貴公子という言葉がぴったりな印象を受ける。

だがその行動は貴公子とは程遠い。感情がこの男を変えてしまった。

根底にあったのは嫉妬なんだろう。レオが相手ならば辛うじて抑えられた嫉妬心が、俺に対して爆発してしまった。男の嫉妬は見苦しく、そして深くどす黒い。

きっと正常な判断ができないんだろうな。まるで親の仇《かたき》だと言わんばかりの目で俺を見下ろしてくるラウレンツは、俺の前でゆっくりと手袋を脱ぐ。

そしてそれを俺に投げつけてきた。

これはこれは。

その場にいる誰もが度肝を抜かれ、唖然《あぜん》とする中でラウレンツは告げた。

「アルノルト殿下。俺は……ラウレンツ・フォン・ヴァイトリングはあなたに決闘を申し込む。非道であり、不遜。あなたを敬うべき皇族として俺は認めない。どうか手袋を拾い、決闘を受けていただきたい。此度《こたび》の一件のすべてを賭けて、俺と決闘を！」

それはきっとヴァイトリング侯爵家が始まって以来、もっとも愚かで勇気ある行動だっただろう。

皇帝の前で皇子に手袋をたたきつけ、二人の公爵が仲介した和解交渉をぶち壊した。

それだけである意味非凡であることはうかがえる。

しかし、これはちょっと想像以上だ。まさかこの場面で決闘とは。

こりゃあ面倒なことになりそうだ。

そんなこと思いつつ、俺はとりあえずぼさぼさの髪を整えることから始めるのだった。

さて、演技の時間だ。

10

「できれば……兄さんのままで終わらせたかったのですが。この場で決闘を申し込まれたとなれば演技をしている場合ではありませんね」

そう言って俺は着崩していた服を整える。

そして背筋を伸ばしレオらしい笑みを浮かべて父上のほうへ向き直る。

「レオナルトが陛下に謝罪いたします。欺いたことをお許しください」

「まさかとは思ったが……本当にレオナルトなのか？」

「はい。陛下を欺くことは大罪ではありますが、此度の一件は兄さんに全権が委ねられていました。その作戦のうちですので、お許しください」

「そこについて罪に問う気はない。しかし……いつから入れ替わっていた？」

「帝都を発《た》つ準備を整えたときに入れ替わりました」

そう説明すると父上は納得したように何度か頷く。

それを見て俺はラウレンツのほうへ向き直る。

俺がレオのフリをしていることに驚いているようだが、いまだに敵意は消えない。

「父上がレオナルト殿下と入れ替わっている可能性について言及していたが……俺は騙《だま》されな

い。レオナルト殿下ならばあのような非道な行いはしないはずだ！」

「そう言われても困るのだけど……そもそも非道というのが何をさすのかな？　ヴァイトリング侯爵」

「我々はアルノルト殿下の言葉に従い、アルノルト殿下の排除に動いた！　殿下が言ったのだ！　どんな手を使ってでも排除してみせろと！」

「確かに兄さんはそう言った。それが諸君らが動いた根拠だというなら認めよう。だが、それがどうしたのかな？　どんな手を使ってでも排除しようとして、返り討ちにあったのが今の状況では？」

「それが問題だ！　自分から挑発しておいて、陛下の威光を使ってだまし討ちをしてきた！これを非道と言わずなんと呼ぶ!?」

　ラウレンツの言葉に白鷗《はくおう》連合の若手貴族たちは賛同の声をあげる。

　なるほど、不満はそこか。挑発を受けたから動いた。それだけだと。それなのに皇帝の威光を笠《かさ》に着て、排除にかかってきた。それがあまりにも非道だと。

　笑わせる。

「一つ質問がある。ヴァイトリング侯爵」

「なんでしょうか？　〝アルノルト殿下〟？」

　意地でも俺をレオと認める気はないらしいな。

　馬鹿な奴だ。ここが最後の引き際だっただろうに。こうなったらもう俺の手には負えなくなるぞ。せっかく血を流さないように立ち回ってやってるってのに。

「兄さんはどんな手を使ってでも排除してみせろと君らを挑発した。だから君らはどんな手でも使った。言われたとおりにしただけだと。それで捕まり、非があると言われるのは理不尽だと。それが君らの主張だね？」

「その通りです！」

「そうか……なら聞くが君らが〝どんな手〟でも使うなら兄さんが〝どんな手〟を使っても文句は言えないと思うけれど？　その第一手が僕との入れ替わりだしね。まさかとは思うけれど、自分たちはどんな手でも使うけれど、兄さんは何もしてはいけないと主張する気はないよね？　兄さんの挑発の趣旨は〝自分すら排除できない者は認めない〟というものだ。そして君らは排除できずに負けた。その結果が今だと認識しているのだけど？」

結局のところ今回の騒動はそこに集約される。

出涸《でが》らし皇子がフィーネの傍《そば》にいるのは認められないというのが、白鷗連合の主張であり、それに対して俺の主張は文句があるなら排除してみせろというものだ。

そして排除に動き、見事に返り討ちにあった。

だから彼らは敗者として一方的な条件を突きつけられている。

「そ、そんなものは詭弁《きべん》だ！　罠《わな》にかけておいて、罠にかかる者が悪いとでも!?」

「そう言っているのだけど伝わらなかったかな？　最初から正々堂々の決闘じゃない。これはいわば政治だった。そして政治の場では勝者が絶対だ。だから負けられない。まぁ……僕も最近学んだことだけどね」

「そんなのは暴論だ！　やはり非道なあなたを認めることはできない！　もしも本当にレオナルト殿下なのだとしても、そんな考えの皇子を皇帝にするわけにはいかない！」

「僕が非道に映るというなら、それは君が無知で甘いだけだよ。百歩譲って、僕が非道で皇帝候補として不適格だとしよう。それでこの状況をどう弁明するのかな？　皇帝陛下の前で皇子に決闘を申し込む。それは皇族への挑戦と取られても仕方ない行為だけど？」

　じっとラウレンツを見据えると彼は言葉につまる。

　勢いで決闘まで持ち込む気だったんだろうな。そんなものが通るわけないだろうに。

「こ、これは個人的な決闘です！　ラウレンツがアルノルトという個人に申し込んでいる！」

「もうやめよ……見苦しい」

　耐えきれないという様子でヴァイトリング翁がつぶやく。

　そしてヴァイトリング翁は父上に向き直り、膝をついて頭を床にこすりつけた。

「もはやここまででございます。私と息子の首をお刎《は》ねください。これ以上、息子の恥を見たくありません……」

「ち、父上!?」

　ラウレンツは驚いたようにヴァイトリング翁を見る。

　驚くことじゃないだろ。この場で決闘を申し込むっていうのは皇帝を蔑《ないがし》ろにしたようなもんだ。

「頭をあげろ。エトムント」

「できませぬ……」

「ふう……ヴァイトリング侯爵。ワシの認識ではお前を含めた白鷗《はくおう》連合は〝負けた〟と思っていたのだが、違うのか？　負けたからこのような場が設けられたのだと認識していたが？」

「へ、陛下！　我々は負けていません！　アルノルト殿下は陛下の威を借りただけ！　しかもそれを自らの力と過信し、横暴に振る舞っています！　あまりにも不遜です！」

「不遜か……ではお前はどうだ？　この場を設けた両公爵やお前の父。そしてワシや宰相。この場にいるすべての上位者の面子《メンツ》をつぶしたわけだが、侯爵にしては不遜では？」

「そ、それは……感情を抑えきれず非礼を働いたことは謝罪いたします……ですが、決闘の申し込みを取り下げる気はありません！」

　父上は聞き分けのない子供に辟易《へきえき》したような表情を浮かべ、横にいるフランツを見る。

　フランツは心得たとばかりに頷《うなず》く。

「ヴァイトリング侯爵。質問をよろしいですかな？」

「はい、宰相」

「負けを認めてないなら、なぜ和解を求めたのですか？」

「それは我々の本心ではありません。父上たちが動き、すでに流れを止められませんでした……」

「なるほど。しかし不利な立場だったことは事実ですね？」

「そ、それは……その通りです」

何か言い返そうとしたラウレンツだが、フランツに真っすぐ見据えられて言い返す気力が消えてしまったのだろう。小さな声で認める。

聞きたいことは聞いたとばかりにフランツは頷き、その場をまとめる。

「ではこの決闘は認められません。不利な状況にあった者が対等な立場で優位者に決闘を申し込むことはできないからです。まぁそれ以前に決闘は対等な者だけに適用されます。皇族と貴族では決闘は成立しませんし、そのような前例もありません」

「そんな！」

「どれだけ声を張り上げようと答えは変わりません。そして決闘が認められない以上、この場にあるのはあなたの非礼をどうするかということです。殿下を敬えないというなら殿下と敵対すればいいだけのこと。今は帝位争い中ですからね。わざわざ皇帝陛下を蔑ろにしてまで決闘を申し込む必要はありませんでした。ご存じだと思いますが、皇子と皇帝では権威に大きな差があります。皇帝は帝国の絶対者だからです。それを蔑ろにするのはすべての罪に勝ります。当然、このような行為に賛同した者も同罪です」

フランツの視線がラウレンツの後ろにいる若手貴族たちに向く。

当然の巻き添えのはずだが、若手貴族たちの顔が青くなる。

そりゃあそうだろう。どんだけ思慮が足りないんだよ。

ラウレンツもラウレンツだ。最悪の結果にならないように、レオであることを明かしてやったのに。あの場でレオナルト殿下ならば話は違うと言っておけば、また違った結果もあっただろう。

「そうですか……宰相はアルノルト殿下側ということですね」

「どう受け取っても構いません。ただそういう感情的な受け取り方しかできないから、お父上はあなたを政治の場に近づけなかったというのを学ぶべきでしょう。次があるかはわかりませんが」

そう言ってフランツは父上を見る。

フランツが言っているのは斬首にするかどうかということだ。

この場でやらかしたことはそれに値する。それがわかっているから、ヴァイトリング翁《おう》はさっさと首を差し出した。周りに罪が波及しないように。

ラウレンツはヴァイトリング侯爵であり、白鷗連合の盟主。本人は個人として申し込んだと言ってるが、侯爵の地位にある以上は個人にはなれない。そして組織の長でもある。

今回の件はラウレンツを斬首にした程度では収まらない。やらかしすぎた。

白鷗連合の責任として参加した者たちの首も刎ねるか、もしくはヴァイトリング侯爵家の責任としてそこに連なる者の首を刎ねるか。

どちらにも問題がある。

前者となった場合、即位二十五周年前に多くの貴族の首を刎ねることになる。それは帝国が安定していないと示すようなもので、他国からの賓客も来なくなるだろうし、記念式典にも暗い影が落ちる。

後者となった場合、ヴァイトリング侯爵家の者は連座となる。何がまずいかというとそこには近衛《このえ》騎士団長も含まれるという点だ。特例を認めれば皇帝の甘さが目立ち、かといってこんな問題で近衛騎士団長を失うのも馬鹿らしい。

ラウレンツが大馬鹿な点は自分の影響力を考慮していない点だ。好き勝手に動いているが、ヴァイトリング侯爵家というのはそんな簡単に動いていい家ではない。

「……此度の一件、あまりにも目に余る。不遜というならばヴァイトリング侯爵のほうだろう。臣下の身でありながら皇族を軽んじた。ヴァイトリング侯爵を斬首とし、白鷗連合の主要な貴族も同様に斬首とする」

評判よりも近衛騎士団長をとったか。まぁそうだろうな。

帝国の大事な戦力だ。失うにはあまりにも惜しい。

そんなことを思っていると玉座の間に女性の声が響いた。

「お待ちを、陛下」

その声を聞いたのは久々だった。

いやはや。本当に出てくるとは。ややこしい状況にしてくれるよ、まったく。

こういう人物を引っ張り出せる点がヴァイトリング侯爵家の厄介な点だ。その当主には影響力を考慮して、慎重に立ち回ってもらいたかったんだがな。

内心でため息を吐《つ》きつつ、俺は現れた中年の女性に頭を下げた。

「お久しぶりでございます。皇后陛下」

皇帝の正妻にして後宮の主《あるじ》。帝国の女性としては最高位の権力者。

皇后、ブリュンヒルト・レークス・アードラーがそこにいた。

誰が動かしたのかは言うまでもないだろう。その後ろからテレーゼが姿を現した。

皇太子の妻であり、義理の娘の頼みで動いたんだろうが……。

厄介なことをしてくれる。

ちらりと俺は父上の顔を見る。その顔には深い怒りが漂っていた。横のフランツも顔をしかめている。

およそ考えうる限り、最悪の状況が今、現実のものとなってしまったのだった。

11

「ブリュンヒルト……いったい何しにきた？」

決定に異議を唱えられた父上は怒りのこもった声で皇后に訊《たず》ねた。

ぶっちゃけた話、この二人は仲が悪い。元々は皇太子に対する教育方針で合わないくらいだったらしいが、三年前、皇太子が死んだときに二人の仲は決定的に崩れた。

皇太子は北部国境で死んだ。なぜ皇太子が北部国境に出たのか？

答えは皇帝である父上が命じたからだ。皇太子として周りに恥じない働きを父上は求めた。

一方、皇后は皇太子という大事な身の我が子を手元に置きたがった。万が一があればどうするのかと、皇太子の出立前に父上に直訴したほどだ。

そしてその不安は的中してしまった。皇太子は国境での戦闘で命を落とし、帝国は理想の後継者を失った。

それ以来、二人の仲は冷え切っている。皇后は皇太子が死んだのは父上が無理をして行かせたからだと思っているし、父上は父上でそういう感情を隠そうともしない皇后を遠ざけるようになった。

とはいえ、二人の仲が冷え切ってもあまり問題ではなかった。子供に不自由しているわけでもないし、皇后は皇太子が亡くなってからは活力を失って、後宮での平穏を望むようになった。それは父上としてはありがたいことだった。後宮の治安を保つのが皇后に求められることだからだ。

だが、その皇后がテレーゼの働きで動いてしまった。

この展開が一番厄介だった。俺よりも上位の二人がぶつかりあってしまう。止めようにも止められない。

「血が流れるのを止めにきました」

そう言って皇后は前に進み出る。

それを見て父上は忌々しげに顔をしかめた。

「女の出る幕ではない。下がれ！」

「そういうわけにはまいりません」

「テレーゼに頼まれてのことだろうが、こやつらは皇族を軽視しすぎた。処罰せねば皇族の威信に関わる」

「それは承知しています。ですが、テレーゼに頼まれただけでここへ来たわけではありません。この時期に臣下の血を流すのは国益を損ねるためお止めに参りました」

「国益を損ねるのは承知している。それでも処罰せねばならんのだ」

「各国の王族と親密に連絡を取っているのは私です。何度も手紙をやり取りし、式典に来ていただけるように努力してきました。それを水の泡にするおつもりですか？」

　皇后の言うことはわかる。

　外務大臣であるエリクは基本的に大国との交渉にあたっている。もちろんエリクの部下たちも動いてはいるが、その外交を助けるために皇后をはじめとした妃《きさき》たちは各国の王族と手紙のやり取りをしている。

　それは単純な手紙のやり取りだけじゃない。贈り物をしたり、情報を交換したり。後宮の妃たちもいろいろとやっているのだ。

　だからその努力をぶち壊すような処罰は見過ごせない。言いたいことはわかる。だが、ならどうすればいい？　という話だ。

　放置などできるわけがない。

「ならばどうせよと言うのだ？　まさか許せとは言うまいな？」

「もちろん罰は必要でしょう。しかし、血を流すべきではありません。時期が悪すぎます。投獄して式典が終わってから処罰してはいかがです？」

「式典のあとには恩赦がある。他の者を許せば、こやつらも許さねばならん！　処罰するならば今しかない」

「ならばそれで手を打つべきでしょう。皇帝の命により有力貴族が処刑されたとなれば、理由はどうあれ帝国への来賓が激減することは明白。皇族の権威も大事ですが、帝国の国益も大事なはずです。お忘れなく。陛下は一度、私の願いをお聞きにならず国益を損ねたことがございます」

「皇太子の話はよさんか！」

父上は怒鳴ったあとに顔をしかめてフランツを見る。

フランツはフランツで困り果てた表情を浮かべていた。

皇后の言うことはもっともだ。皇族の権威の前に国益と言われてしまえば、たしかにと納得せざるをえない。だが、こいつらを許してしまえばまた次なるこいつらが現れる。それはきっと国益を損ねることにつながるだろう。

どちらにしても帝国に利はない。

父上は皇后から視線を外し、ラウレンツを怒りのまなざしで睨《にら》みつける。

ラウレンツはその睨みに怯《ひる》む。そりゃあ睨まれるだろうな。こいつが影響力を考えずに暴れた結果、こいつの命だけじゃ収まらない事態にまで広がったんだから。

俺がレオと明かした時点で引き下がればいいものを。もはやこの場は俺の手には余る。

そんなことを思っていると更なる足音が聞こえてきた。

できれば頼りたくなかったんだが、皇后が出てきたとなれば仕方ない。

フィーネに頼んでいた助《すけ》っ人《と》が来たようだ。

「あら？　アルがいると思って来たのだけど、なぜレオがいるのかしら？」

悪戯《いたずら》っ子《こ》のような笑みを浮かべ、俺の母、ミツバが玉座の間に入ってくる。さすがは我が母上。あの笑みは俺がアルだとわかったうえで言っているな。

フィーネには母上の下にいてもらった。そして皇后が動いた場合は、母上にも動いてもらうようにと頼んでいたのだ。

そのフィーネの姿が見えないが、おそらく母上の配慮だろうな。

フィーネにはまったく責任はないが、フィーネなら自分のせいだと気に病みかねない。

「兄さんのフリをしていたんです。母上」

「昔からあなたたちは入れ替わるのが得意だものね。けれど、皇帝陛下の前では控えなさい。無礼よ」

「はい、申し訳ありません」

「レオが失礼いたしました。陛下」

「ミツバ……お前まで何のようだ？」

見れば父上は困惑し、フランツは胃が痛そうな顔をしている。

皇后と皇帝のぶつかり合いだけでもあれなのに、そこに母上まで加わるとなれば心労も相当なものだろうな。

もはや皇子と貴族の小競り合いでは済まなくなってきている。

そんな混沌《こんとん》とした状況の中で母上は気にした様子もなく発言する。

「皇后陛下が玉座の間に向かわれたと聞いたので様子を見にきました。案の定、意見が対立しているようですね」

「ミツバさん……あなたは下がっていなさい」

「皇后陛下。邪魔をする気はありません。ただお互いの着地点を探すお手伝いをしにきただけです」

「あなたはレオナルトの母。レオナルトに有利な風に裁定するのではないかしら？」

「疑うのは当然です。しかし平行線なのもまた事実では？」

母上に言葉を返されて皇后は押し黙る。彼女もいつまでも父上と張り合っているわけにはいかない。父上がキレたら皇后とて無事では済まないからだ。

皇帝の言葉は絶対だ。父上がその気になればすべてのことを無視して、この場の全員を処刑することも可能となる。本人がそれをよしとしていないだけで、皇帝とはそういう存在だ。何か一つ父上の中で強権を発動させるきっかけ、もっといえば納得があれば、それですべてが終わる。

皇后が黙ったのを見て、母上は父上に視線を移す。

父上も埒《らち》が明かないと判断し、一つ頷《うなず》いた。

「では私が着地点を探しましょう。といっても私の意見は一つです。〝なかったことにしてしまえばいい〟かと」

誰もが怪訝《けげん》そうな表情を浮かべる。

だが俺だけは目を細めた。それは俺が考えていた解決策と同じだったからだ。

「レオ、説明できるかしら？　私よりあなたのほうが上手《うま》く説明できると思うわ」

「はい。わかりました」

「どういう意味だ？　レオナルトもわかっているのか？」

「はい、陛下。母上と僕の考えていることは一緒かと。今回の一件で一番問題なのは、ラウレンツ・フォン・ヴァイトリング侯爵が名門貴族の当主であり、白鷗《はくおう》連合の盟主であるという点です」

「それは承知している。その先を知りたいのだ！」

皇后のせいか、父上はだいぶイラついている。

これは早めに終わらせたほうがいいな。

「ですので、決闘を申し込んだという一件をなかったことにしてしまいましょう」

「なるほど。それは妙案です」

すぐに意図に気づいたフランツが何度も頷く。

だが頭に血が上っているせいか、冷静さに欠けている父上は怪訝そうな表情を浮かべる。

それに対して俺は丁寧に説明する。

「ラウレンツ・フォン・ヴァイトリング侯爵は決闘を申し込まず、和解条約を飲んだ。その後、僕がレオナルトであることが発覚し、条約の取り消しを賭けて決闘を挑んだ。そういうことにしてしまいましょう。条約を飲んだ後ならば、ラウレンツはヴァイトリング侯爵ではありません。皇后陛下の言う有力貴族ではなくなるわけです。被害は最小限に抑えられるかと」

「事実を捻《ね》じ曲《ま》げるというのか？　ワシを含めた皇族への無礼をすべてなかったことにしてか？」

「はい。この場にいる人間が口を噤《つぐ》めば本当のことは漏れません」

「それはいい……だが、皇族の権威が損なわれるという点はまったくもって解決しないが？」

苛立《いらだ》ちに満ちた視線を父上が俺に向けてくる。

もはや父上の中ではラウレンツを処刑する以外に皇族の権威を保つ方法はないことになっているんだろうな。

頭に血が上っているのは、皇后が皇太子の話を持ち出したからだ。

それはこの夫婦の間では禁句に近い。

「それは決闘後の処罰で解決します。皇族に対して決闘を申し込むというのはあまりにも無礼。ゆえに条件を提示します。ラウレンツ・フォン・ヴァイトリングが負けた場合は……彼を担ぎ出した白鷗《はくおう》連合の主要な貴族を含めて、全員〝帝毒酒〟を飲むこととする。それならば皇族に無礼を働くことがどういうことを意味するのか、大勢の人に知らしめられるでしょう」

俺が出した酒の名にその場にいる誰もが体を強張《こわば》らせた。

帝毒酒は皇帝が保有する毒酒であり、帝国最強最悪の毒だ。

一口でも飲めば七日七晩にわたって、様々な病の症状を味わうことになる。配合された無数の毒の効果であり、一日ごとに症状は違う。しかも奇妙なことにその間はぎりぎり死ぬことはない。生と死の境界をさまよい、苦しむのだ。

そして死ぬことのできない苦しみを味わい続けたあと、飲んだ者は必ず死ぬ。

重罪人に対してしか使われない毒であり、父上の治世では一度も使われていない。

「……その毒をワシが与えたと知れば諸外国から賓客が来ると思うか？」

「陛下が与えるのではありません。それを条件としてラウレンツ・フォン・ヴァイトリングは僕に決闘を挑むのです。そうであるならば評判の悪化も抑えられるでしょう。罪を免れるために猛毒を飲むリスクを背負って、決闘を挑んだ。それで死んだとしても挑んだ側の責任です」

俺の言葉を受けて、白鷗連合の若手貴族たちはどんどん顔を青くしている。主要な貴族というのは、この場にいる貴族たちのことだ。

ラウレンツが負ければ、彼らも帝毒酒を飲むことになる。

「そのような前例を作れば、死刑が確実な罪人が同じことをするのではないかしら？」

「それは大丈夫です。皇后陛下。これが終わったあとにそれを禁じる法を作ればいいだけのこと。今回かぎりのことです」

「……なるほど」

「どうでしょうか？　皇族の権威も損なわれず、帝国の評判も落とさないと思いますが？」

俺の言葉を受けて、皇后がちらりとテレーゼを見る。

テレーゼは諦めたように一つ頷いた。一発逆転のチャンスが与えられるだけありがたいことだと察したんだろう。たとえ敗北したあとに無残な死が待っていたとしても。

「……いい考えなのはわかった。だが解せんな。お前のメリットはなんだ？　レオナルト」

父上が真っすぐ俺を見据えてくる。

そう、これには俺のメリットが皆無だ。

決闘を受けるメリットがない。俺は現在のところ被害者であり、こいつらは何もしないでも死ぬ。起死回生の一手を与える意味はない。

だが、だからこそ受ける価値がある。

「僕は……帝位を狙う者です。此度《こたび》の一件で帝国を混乱させたことは事実。その責任を取る義務があります」

「ほう？　では負けた場合はどうする？　お前は勝ったことを前提に話しているが？」

「負けた場合は陛下のお好きなように。皇族からの追放でも、斬首でも構いません。この場で負けるような者に帝位は取れないでしょうから」

あんまりな発言だろう。勝手にレオのフリをして、レオのすべてを賭けているのだから。だが、レオならばこう言うだろうとは思う。もしも言わないとしても、言えるようになってもらわないと困る。

俺の言葉を受け、父上は笑う。それは誰かを気に入ったときに見せる笑みだった。

これでますますレオのハードルは上がったな。

「よく言った！　その気概、見事だ！　帝位を狙う者はそうでなくてはな！　お前は常々甘いのではないかと心配していたが……この帝位争いの中でお前も成長しているのだな」

「まだまだ未熟です」

「謙遜だな。わかった。お前の言う通りにしよう。和解条約のあと、レオナルトであることが判明し、ラウレンツは白鷗連合を代表して決闘を申し込んだ。帝毒酒を飲むという条件でな。そういうことにする。よいな？」

皇帝の命令は絶対だ。

そういうことにするという強権を父上は発動した。それをしてもよいと本人が納得したからだろう。この場にいるすべての者が膝をついて、了承の声をあげる。

だが、俺の横から聞こえてきたラウレンツの声は震えていた。

もはやラウレンツには何もせず処刑されるか、俺に決闘を挑むかの二択。

ここで抗議すれば、ならば死ねと言われるのは目に見えている。さすがにそのぐらいはわかるらしく、抗議はせずにおとなしく恐怖に震えている。

頼みの綱の皇后とテレーゼが状況を容認した時点で、もはや逃げ場はない。

「ではヴァイトリング侯爵、署名を」

クライネルト公爵が文書への署名を促す。

震える手でラウレンツは文書に署名しようとするが、ペンを落としてしまう。

それを俺は拾い上げて、しっかりと握らせる。

「さぁ、どうぞ」

「あ……」

俺に促され、ラウレンツはまた文書に向かう。

その文書には一つ訂正が施されてあった。ユルゲンかクライネルト公爵が混乱の間に書き換えたんだろうな。本来なら当主を引退となっているはずの文面には線が引かれており、新たに家門からの追放となっていた。

つまりこれに署名した時点でラウレンツをはじめとする主要貴族は平民となる。家の責任は問われない。ラウレンツが望んだ個人の責任による決闘ということになる。

まぁそんなものは皇帝の一言でどうにでもなるんだが、なかなかナイスなアシストだ。

震えるラウレンツはそのことには気づかない。

そしてラウレンツの署名がなんとか終わり、俺もすぐに署名する。

こうして署名が終わり、晴れてラウレンツたちが平民となったところで俺はゆっくりと落ちている手袋を拾った。

「――君の決闘の申し出、レオナルト・レークス・アードラーが受けた」

こうして俺はレオとしてラウレンツとの決闘に臨むことになったのだった。

その言葉を聞いて、ラウレンツの肩が震える。

その顔に浮かぶのは怯《おび》えだった。命を賭ける覚悟はあったかもしれないが、さすがに帝国最強の毒を飲む覚悟まではなかったのだろう。目に見えて勢いがない。

ある程度、勝負というものをわかっている者ならば俺とラウレンツの立ち姿だけで勝敗の行方がわかってしまうだろう。

死に怯える者に勝利は舞いこまないものだからだ。

さて、悪いがこうなった以上は仕方ない。なるべく人死には避けたかったが、こっちの努力を無駄にしたのは向こうだ。

レオの踏み台になってもらおうか、ラウレンツ。

12

「誤って殺してしまった場合も罪には問わぬ。だが、できるかぎり流血は控えよ」

そんな難しいことを父上がさらりと要求してくる。

そして騎士たちから鞘《さや》に入った剣が手渡された。

貧弱な俺には重すぎる剣だ。そんな俺がレオのフリして戦うというのは無理がある。しかも父上は俺がレオだと思って要求している。

対するラウレンツは体の震えが止まらないのか、剣を受け取るのもぎこちない。

決闘を申し込んだということはそれなりに自信があったんだろう。だが、負けたときの代償に思考が行き過ぎている。もはや戦える状態ではない。

帝毒酒は伝説になるほど有名な毒だ。それをチラつかされただけで暗殺者が雇い主を売るとまで言われており、そのほか帝毒酒にまつわる逸話は探せばきりがない。

そんな毒を飲む可能性がある。そう思っただけで体が震えるのはわかる。そもそも決闘もアルノルトだと思って挑んだわけだしな。

母上がレオナルトと言った時点でこの場にいる全員が俺をレオだと信じている。

レオの武勇はここ最近の活躍から見ても明らか。幼い頃から剣術の試合でも負け知らずだ。一介の貴族じゃ勝ち目はない。

だから下手な姿は見せられない。

「では両者、準備せよ」

父上の言葉を受けて俺は鞘から剣を引き抜く。

ラウレンツも剣を引き抜き、構えてきた。基本に忠実な構えだ。最低限の心得はあるんだろう。きっと普段の俺が戦えば勝ち目はない。

まったく……使いたくない手をどんどん使わされるな。

本当なら決闘にもつれ込む展開になるはずじゃなかった。

レオだかアルだかわからないという状況の中で、和解が成立するはずだった。

それをラウレンツがぶち壊した。自分の影響力やその場の雰囲気を考えずに動いたせいで、状況はややこしくなり、誰かが犠牲にならなきゃいけない状況になってしまった。

そうなればフィーネが悲しむ。それを避けたくて手を尽くしてきたのに……目の前の馬鹿が余計な人間たちを巻き込んだせいで俺の手から状況が離れてしまった。

もはや俺にはレオのフリを貫き、彼の評判を上げるしか手はない。

こいつが勝手な行動で死ぬのは勝手だが、フィーネが悲しまない選択肢を俺から奪ったのは許せない。

フィーネには泣くようなことはないと言った。その言葉はきっと嘘《うそ》になるだろう。

彼らの死にフィーネは責任を感じる。どれだけ俺が言葉を重ねても、フィーネは自分を責めるだろう。

その未来を避けるために俺ができることは……ここで実はレオじゃなくてアルでしたと正体を明かすこと。そうすれば誰も犠牲にはならない。いつもどおり俺がすべてを被《かぶ》って、馬鹿にされて終わる。ただいつもと違うのはそれをしてしまうと、俺はフィーネの傍《そば》を離れなくちゃいけなくなる。

皇族の立場に未練なんてない。どうせ皇族じゃなくなっても、レオは助けられるしな。

だが、皇族でなければフィーネの傍にはいられない。

俺は今を気に入ってる。フィーネが傍にいる今を気に入っているんだ。

これはきっとわがままで最低な行為だ。

フィーネの気持ちを考えなかったこいつらと同じだろう。俺はフィーネがたとえ悲しんでも

――傍にいてほしい。

俺は自分勝手な理由でフィーネを傍に置きたい。彼女にはずっと俺の秘密の共有者であってほしい。

心に区切りをつけて俺は剣を顔の前まで持ってくる。

決闘前の騎士の儀礼だ。レオらしく律儀にそれをすると、その間に俺は一つの古代魔法を発動させた。

俺の中で禁じ手としている魔法。

その魔法の名は〝エピゴーネン〟。

記憶の中にある対象の人物を完璧に模倣できる魔法だ。その身体能力から戦闘技術までも模倣できる。便利で有用な魔法だが、そういう魔法には激しい副作用がある。その副作用のせいで禁じ手としていたんだが、今はそれを使うしかない。

体に力がみなぎる。視野が広がり、ラウレンツの微妙な動きすらしっかりと読み取れる。

それは俺の記憶にあるレオの視界だ。

今、この瞬間。俺は完全にレオになっていた。

「はじめっ!!」

「うぉぉぉぉ!!」

ラウレンツはヤケクソ気味に突っ込んでくる。

技量はないが、勢いのある突進。

初動の奇襲。おそらく唯一の勝ち筋と思ったんだろう。

負ければ死ぬ以上、勝ちにいくしかない。吹っ切れた強さがラウレンツにはあった。

だがそんなものでどうにかなる実力差じゃない。

クルリと一回転して突進をいなす。回避されたラウレンツは止まりきれず、無様に床に這《は》いつくばった。そして痛みでうずくまるが、すぐに自分が真剣勝負中だと思い出し、剣を拾ってこちらに振り向く。

隙だらけの間、俺は動かなかった。

レオならそんなことはしないからだ。ただの戦闘ならまだしも、今は決闘中。正々堂々と戦うべきだろう。

「はぁはぁ……う、う、うわぁぁぁぁ!!」

息が詰まる緊張感に耐え切れず、再度ラウレンツが突っ込んでくる。だがさきほど避《よ》けられたせいか、勢いはそこまでじゃない。

技量もなく勢いもない攻撃などレオには通用しない。

突き出された剣を巻き込むようにして、俺は自分の剣で上にすくい上げる。

するとラウレンツの手から剣はスルリと抜けていき、舞い上がる。

その瞬間、ラウレンツの顔に絶望が浮かぶ。

上に上がった剣を見ながら、ラウレンツはゆっくり両膝をつく。

剣は真っすぐラウレンツに向かって落ちていき、それを見て彼は歓喜の表情を浮かべた。だが、俺は落ちてくる剣を掴《つか》むと両手に剣を持ってラウレンツの首に切っ先を向ける。

「まだやるかい？」

「あっ……で、殿下……ど、どうかお許しを……俺は、いえ、私は……ただフィーネ嬢を想《おも》っていただけなのです……」

「想っていただけならこうはならなかった。君は行動に移してしまった。皇帝陛下や皇后陛下も巻き込んだ今回の一件、誰かの犠牲がなければ収まらない。帝国貴族の誇りがあるなら皇族の権威を守るために……犠牲になってほしい」

「い、嫌だ……嫌だ！　毒を飲むくらいならここで!!」

そう言ってラウレンツは俺が持つ剣に向かって突っ込んでくる。

だが、その行動を予期していた俺は数歩下がって、ラウレンツの自殺を阻止した。

「そこまで！　捕らえよ！」

「陛下！　お許しください！　陛下！　父上!!　父上!!　お助けください!!」

ラウレンツは我を忘れて父上とヴァイトリング翁《おう》にすがる。

そんなラウレンツを見て、父上は不快そうに顔を歪《ゆが》める。

「育て方を間違えたな、エトムント」

「お許しください……こうなっては私は生きてはおれません。どうか私にも帝毒酒を」

そう言ってヴァイトリング翁は自ら毒を望んだ。

どうしてこの人の息子がこんなことになったんだろうか。

育て方が下手なわけじゃないはずだ。長女は皇太子妃となり、次女は近衛《このえ》騎士団長にまで上り詰めた。親だけの責任にするのは酷というものだろうな。

　そんなことを思っていると父上は首を横に振った。

「ならん。此度《こたび》の責任を取って、次のヴァイトリング侯爵をしっかりと育てよ。それまでお前の命はワシが預かる」

「陛下……」

「皆、下がれ。此度の一件はこれにて終わりとする。こやつらは捕らえておけ。よいか？　絶対に自殺は許すな」

　そう言うと父上は玉座から立ち上がって退室していく。

　後に残ったフランツがテキパキと後始末を開始し、指示を出していく。

　その間に皇后は立ち去り、母上も去っていく。

　残ったのは俺とテレーゼとヴァイトリング翁だった。

「……あなたを恨むのは筋違いね。レオナルト」

「恨んでくれてもかまいません」

「いいえ……チャンスをくれただけでもありがたいわ……あなたこそ私を責める？　愚かな弟を助けるために動いた私を……」

「責めるなんてしません。誰かを助けたいと思うのはきっと尊いことですから。ただ……義姉《あね》上《うえ》はやり方を間違えました。あのやり方では……彼らは救えませんでした」

　テレーゼはずっと東宮に閉じこもっていた。

周りの情報なんてない中で頼れたのは皇后だけだったんだろう。

仕方ないことなのかもしれない。この人は皇太子を失ったときに世捨て人になった。

ただそんな世捨て人も身内は見捨てられなかったんだろう。

「ヴァイトリング翁。立てますか？」

「……しばらくはこのままにしていただきたい……愚かではありました、恥も晒《さら》しました……それでもあれは私の息子だったのです……」

「……わかりました。義姉上。ヴァイトリング翁をよろしくお願いします」

そう言って俺はテレーゼに後を任せて、審判の間を後にする。

何かあってからでは問題だし、セバスに視線で警戒するように指示を出すと、彼は心得たとばかりにその場から姿を消す。これで二人が血迷ってもセバスが止めるだろう。

その後、俺は自分の部屋へと戻った。

きっとそこにはフィーネがいるだろうなと思いながら。

「……」

「お帰りなさいませ。アル様」

そう言ってフィーネが俺を迎え入れた。

そんなフィーネに俺は何も言えずに立ち尽くす。

「アル様？」

「……すまない」

「どうしてアル様が謝るんですか？」

「……結局、ラウレンツたちは死ぬことになった。助ける方法はあった。だけど……君が悲しむだろうとわかっていたのに俺はそれを選べなかった」

そう言って俺は一歩前に出る。

だが、その瞬間。模倣の魔法が解けた。

そして背伸びをした模倣者に副作用が襲ってくる。

「ぐっ……」

「アル様⁉」

頭を押さえて、俺はその場で膝をつく。

激しい頭痛がして、視界が歪む。体の感覚もあやふやだ。

これが副作用。本来、行えないはずの動きをした代償として、脳に負荷がかかり、強烈な頭痛が起こる。そして他者に成り切ったせいで、体の感覚もおかしくなってしまう。

手を動かそうとしているのに、上手《うま》く動かない。レオの感覚と俺の感覚。二つがごちゃ混ぜになって体が混乱しているのだ。

立ち上がることができない俺は、フィーネに支えられて、なんとかソファーにたどり着き、その場で倒れこむ。勢いでフィーネにもたれ掛かるような形になるが満足に動けず、体勢を直すこともできない。

「はぁはぁ……だから使いたくなかったんだけどな……」

「魔法の副作用ですか……？」

「ああ……頭痛は二日も続くし……感覚のずれはもっと続く。数分間のメリットのわりにデメリットがデカすぎるから禁じ手にしていた……」

「そんな……」

「仕方なかった……レオのフリを貫くしかなかったし……負ければ〝今〟を失う」

そう言って俺は頭痛に顔をしかめる。

見かねたフィーネが俺をソファーに寝かせる。ちょうどフィーネの膝を枕にする形になり、少しだけ頭痛が落ち着く。

ゆっくりと目を開くと心配そうなフィーネの顔があった。

「泣いて……ないんだな……？」

「ミツバ様が……泣いてはいけないと」

「母上が……？」

「頑張った男を出迎えるとき、女は泣いてはいけないと……笑顔で出迎えるのが礼儀だと教わりました……」

フィーネは少し潤んだ瞳を見せながら、にっこりと俺に向かって微笑《ほほえ》んだ。

さすがは我が母上だ。良いことを言ってくれる。

そうだ。泣き顔よりは笑顔を見たい。

「……許してほしい。俺はわがままを通した。君を悲しませず、そのうえでいろいろなことに折り合いをつける自信はあったが……ただ君の傍を離れることだけは……受け入れられなかった」

「そうですか……安心してください。私があなたの傍を離れることはありません。どこかに行ってもついていきます。私は望んでここにいます。誰になんと言われようとあなたの傍が私の居場所です」

「そうか……それはよかった。それなら安心だ……嫌われたらどうしようかとちょっと心配だった……」

俺は苦笑しつつ、瞼《まぶた》を閉じる。

体が眠りを欲している。頭痛もきついし、このまま寝てしまいたい。

「フィーネ……」

「はい？」

「レオのフリをしているから……あいつが戻ってくるまではレオとして扱ってくれ……」

「わかりました。ではお眠りください。レオ様。あとは私に任せて」

そう言ってフィーネが俺の頭を優しく撫《な》でる。それをされるたびに頭痛が和らいだ。

安心して俺は眠りに落ちていく。

俺の居場所もきっとここなのだと思いながら。

Episode 3

第三章　捜査

1

「仰せつかっていた身体強化の魔導符です」

決闘から五日が経《た》った頃。

俺の部屋でセバスが机の上に一枚の札を置いた。

中央には小さいが上質な宝玉がついている。

年季の入ったもので、見る者が見れば貴重な代物だと気づくだろう。だが、中央にある小さな宝玉は色褪《いろあ》せている。この手の魔導符は使い捨てだ。中央の宝玉にある魔力を使い切ったらただの紙切れに成り下がる。

今の時代、これだけ上質な宝玉を一度で使い捨てにするというのはありえない。

今よりも魔法が優れ、宝玉も豊富だった古代魔法全盛の時代の物だ。

「悪いな。手間を取らせた」

「いえ、グスタフ陛下のお部屋にあった物を消費しただけですので。陛下は貴重なコレクションを有効活用しないことに憤っておいででしたが」

「いいんだよ。俺がこれを使ったっていう風に見せるためには使い終わってないと困る。大体、爺《じい》さんは保管してても使えないんだ。道具は使うためにある。製作者も使ってくれたほうが嬉《うれ》しいだろうよ」

「それはグスタフ陛下に直接言うべきでしょうな」

「小言はごめんだ」

　顔をしかめながら俺は魔導符に手を伸ばす。

　しかし、一回摑《つか》み損ねてしまい、そのことに舌打ちをしながら少しだけ手を伸ばして今度こそ摑む。

「まだ感覚のずれがあるようですな」

「前は一週間だった。今度はどれくらい続くだろうな……」

「手痛い出費でしたな」

「まったくだ。若手貴族の暴走を収めるのに、金は使うし、入れ替わりという奥の手も晒すし、厄介な副作用にも苦しむことになった。やってくれたよ、ホルツヴァート公爵家は」

「今回は痛み分けといったところですな。向こうは今回の一件で多くの貴族に貸しを作るつもりだったようですが、むしろ敵を増やしたといえるでしょう」

「敵を作ったのはこっちも同じだ。息子や親類を失えば、好意的な反応は期待できない。エリクと戦ってるときに横やりを入れられてもたまらんし、ここで排除したのは間違いじゃないが……人が死ねば恨みが生まれる」

「こちらにできることはしました。向こうの暴走である以上、こちらにはどうすることもできません。それに今回の一件でレオナルト様への評価を改める貴族も多くいます。そういう点を見れば悪いことばかりではありませんでした」

セバスの言葉に俺は何度か頷《うなず》く。

そうだ。悪いことばかりじゃなかった。ただし、ぶっちゃけて言えば格下を潰すのに手間取りすぎた。

「問題は山積みだ。レオはともかくエルナは今回のことで俺に疑念を抱くだろう」

「面倒事の予感がしますな」

「いつものことだけどな」

俺はため息を吐《つ》くが、セバスは微笑んだままだ。

何が楽しいのかと睨《にら》むが、セバスは微笑みを崩さない。

「人の不幸がそんなに嬉しいか？」

「滅相もない。ただアルノルト様も成長しているのだなと思っただけです」

「成長？　俺が？」

「ええ、あなたは面倒がお嫌いです。誰かと張り合うことに意義を見出《みいだ》せず、張り合ってまで守りたい大事なものも少なかった。そんなあなたが面倒を覚悟で今回は張り合いました。私はてっきり終わったあとに〝しなければよかった〟と言い出すかと思っていましたが、そんなこともなかった。面倒よりもフィーネ様の傍《そば》にいるほうが大事だと自覚しているからでしょう。よいことだと思います。〝大事なもの〟が増えるのは」

大事なものが少ないほうが動きやすい。

こだわりがないほうが楽だ。

そういうスタンスで生きてきた。馬鹿にされても、実害がなければ放っておいた。誇りだなんだといって張り合うのは面倒だったからだ。

今回も適当に受け流せばよかった。どうして受け流せなかったのか。

フィーネの傍を離れるのが嫌だったから。そしてフィーネの平穏が崩れるから。

「……大事なものが増えるのは成長なのか？」

「成長ですな。一人で動いているのは楽ですが、大事なものが増えたほうが人生は豊かになり、人として成長できます。私がそうでした」

「死神として生きていた頃より、出涸《でが》らし皇子の執事のほうが成長してるのか？」

「ええ、自信を持って言えます。人は面倒事を背負《しょ》いこんで成長します。ですからアルノルト様には率先して面倒事に突撃してほしいですな」

「断る。そんな人生はごめんだ」

彩りのある人生に興味はない。単調な色で代わり映えしない人生が俺には合っている。

今は人生の中で唯一、訪れてしまった例外だ。

「さて、そろそろ行くぞ。レオたちが帰ってくる。迎えにいって馬車の中で入れ替わる」

「かしこまりました。すでにジーク殿が入れ替わりについては知らせていますし、問題は起きないかと」

「そうだといいけどな……」

そんなことを言いながら俺は立ち上がる。

感覚のずれのせいで、そんな些細《ささい》な動作でも違和感を覚えるがこれは我慢していくしかない。

■■■

「これはまた意外な人物を連れてきたな」

帝都の正門まで迎えにいき、レオたちが乗っていた馬車に乗り込むとそこにはエルナとレオのほかに目つきの悪いチビがいた。

ヴィンフリート・トラレス。

秀才肌のレオの幼馴染《おさななじみ》だ。俺とも関わりはあったが、幼馴染というほど親しくはない。

そんなヴィンは腕を組んで目つきの悪い目を俺に向けてくる。

「相変わらずだな？　ヴィン」

「そっちも変わってないみたいだな。アル」

久々の再会。握手でもするのが礼儀なんだろうが、そういう間柄でもない。

俺の中のヴィンはいつも勉強ばかりしている面倒そうな奴《やつ》だし、ヴィンの中の俺はいつも遊んでばかりいるだらしない奴だろう。

しかし、ヴィンは皇太子の弟分という形で将来を期待されていた男だ。諸外国を回っていたのも将来は皇太子の有能な臣下として活躍するためだったはず。

だが、ヴィンは姿を消した。皇太子の死をきっかけとして。

「よく見つけられたな？」

「幼馴染だからね」

「思考を読まれてるぞ？　軍師としてそれはどうなんだ？」

「逃げようと思えば逃げられた。幼馴染だから捕まってやったんだ」

そんな負け惜しみをヴィンが口にする。俺はちらりとエルナのほうを見る。いくらヴィンが策を弄したところで、エルナが相手じゃ無理だろ。

「勇者から逃げられる手段があったのか？」

「貧乳から逃げるなんて赤子の手をひねるより簡単だ」

「誰が貧乳よ⁉　このチビ！」

「こうやって怒らせて冷静さを無くせばいい」

「なるほどな」

有効といえば有効だが、鬼の形相のエルナに追われるという展開になるだけだと思うが……。

俺なら恐ろしくてできない手段だな。まぁもしものときのために覚えておこう。

「それとアル。オレはまだレオの軍師を引き受けてはいない」

「へぇ、それなのに帝都に戻ってきたのか？」

「アルのお手並みを見てから決めるそうよ」

「俺の？　何を見るんだ？」

「今回の貴族とのゴタゴタでのお手並みだ。及第点ならレオの軍師を引き受けてやる」

ヴィンは偉そうに告げる。

こいつは相変わらず上から目線だなぁ。そのくせ自己評価が低いという面倒な奴だったけど、それは今も変わってなさそうだ。

皇太子が見出した人材という一点でヴィンの才能は確約されている。

なにせ皇太子はあの時点で人材に困ってない。わざわざ人材発掘する必要はなかったのに、あれこれと手を尽くしてヴィンに学ばせていた。

気に入ったというのもあるだろうが、それはヴィンの才能を含めての話だ。

そんなヴィンのお眼鏡にかなうかどうか。

「及第点未満ならどうするんだ？」

「またどこかに潜むだけだ」

「そうかい。それは困ったな」

「自信がないのか？」

「やれることはやったが、満点には程遠い。まぁ詳しいことはセバスに聞いてくれ」

帝都に着いたばかりの三人は騒動の詳細は知らないはずだ。

俺から説明してもいいが、セバスのほうが客観的に説明できるだろう。

「少し聞いてるわ。レオのフリして決闘したんですって？」

「耳が早いな」

「商人が噂《うわさ》してたわ。ヴァイトリング侯爵がレオに決闘を挑んで、レオがあっさり勝ったって」

「間違ってない。まぁもうちょっと複雑だけどな」

「……帝毒酒が出てきたって話だけど？」

「それも事実だ。ごちゃごちゃした展開の中で俺が提案した。悪いな、レオ。すべてお前がやったことになってる」

「それはいいよ。意味もなくやったわけじゃないでしょ？」

「まぁそうなんだが……」

ちらりと俺はヴィンを見る。それをヴィンがどう判断するかはわからない。ヴィンが俺に何を期待しているかわからんし、もはや起こったことだから手の加えようもない。

「いろいろ言いたいことはあるけど、決闘なんてして体は平気なの？」

「平気ではないな。魔導符を使ったから体がボロボロだ」

エルナは一瞬、俺の言葉に眉を動かす。

魔導符を使って体に負荷がかかるのは珍しくない。ただし、魔導符で強化できるラインはだいたい決まっている。

かなり上等な魔導符を使っても俺がレオのように動くのは不可能だ。それはエルナならたぶん察しがつくだろう。

古代魔法ベースの古い魔導符ということで誤魔化《ごまか》すつもりだが、エルナがどこまで信じるかは疑問だ。

ただ今は追及してこないあたり、深く詮索する気はないようだ。

助かるが、疑惑を持たれたことは間違いない。

公表するのと露見するのとでは天と地ほどの差がある。

かつてセバスに言われた言葉を思い出す。そろそろ時期が近づいているのかもしれないな。

そんなことを思いながら俺は馬車に揺られるのだった。

2

「以上でございます」

セバスが丁寧な説明を終える。

部屋にはヴィンと俺、そしてエルナとレオもいた。

エルナとレオは暗い顔をしているが、ヴィンは冷静にセバスの話をメモしている。

そしてまとめたメモを見終わったあと、ヴィンは一つ頷き。

「全然駄目だな」

駄目だしをしてきた。

まぁヴィンならそう言うだろうなと予想していたから、俺は特に驚かずに質問を返す。

「参考までにどこが駄目か教えてもらえるか？」

「初手が最悪だ。お前を排除したい貴族たちに対して、対抗することを選んだ。これは悪手だ」

「じゃあどうするべきだったと？」

否定だけなら誰でもできる。それ以上のものを提示できて、ようやく軍師として最低ラインに立てる。

もちろんヴィンはそのラインは軽く超えていた。

「オレなら言われたとおりに蒼鷗姫《ブラウ・メーヴェ》の傍から離れる」

「そしたらフィーネには大量の貴族が寄ってくるが？」

「寄らせておけばいい。皇族との身分違いも理解できてない愚か者たちならそのうち、蒼鷗姫にも無礼を働くし、仲間内で争いも始める。そこを収めて自分の価値を証明すれば、貴族たちは黙らざるをえない」

「ヴィン、私にはフィーネを囮《おとり》にするべきだったって聞こえるのだけど？」

エルナが鋭い視線をヴィンに向ける。

そんなエルナの視線をヴィンは平然と受け止めながら答える。

「間違っていない。そういう意図で言ったからな」

「最低ね……フィーネは道具じゃないのよ？」

「じゃあアルが矢面に立つのはいいのか？　言っておくが、ここまで事態が大きくなったのはアルが皇族だからだぞ？　初手から蒼鷗姫を囮にして、貴族たちの失策待ちをしてれば混乱は最小限に抑えられた」

「相手の失策待ちなんて消極的ね。じゃあ相手が失礼なくフィーネに接していたら？　排除の理由がなくなって、アルがフィーネの傍にいられなくなるだけよ？　そしたらフィーネの立場があやふやになるわ」

「レオが傍にいればいい。それだけで蒼鷗姫はレオの陣営なのだと証明できる。しつこい貴族避《よ》けにもなるし、なんならレオとの婚約でも発表すればいい」

　ヴィンの策にエルナが眉を顰《ひそ》める。

　他者の感情を考えない軍師らしい策だ。効率だけを考えればそれが一番だっただろうな。

　弱小だったときとは違い、今はそれなりの規模の勢力を保っている。フィーネの人気で協力者を得るメリットは薄い。婚約を発表すれば若手貴族の反感は買うだろうが、本当にフィーネの信者ともいえる人物たちは味方につくだろう。

「……昔から思ってたけど、ヴィン。あなたモテないわよ？」

「女からの人気が何になる？　無駄なことを極力排除して、最善の選択をすればきっとオレの策にたどり着く。お前なら……わかっていたと思うが？　いつもお前がしていたことだぞ、アル。どうしてすべてを周りに押し付けなかった？」

「そうだな……考えなかったわけじゃない。だけど、すぐに心の中で却下した」

「理由は？」

「……白鷗《はくおう》連合の貴族たちが一斉にフィーネに向かえば、きっとフィーネは怖い思いをするだろう。たしかに何もないかもしれない。だが同等以上の可能性として、何かあるかもしれない。そういう可能性があるということは、フィーネを危険に晒《さら》すということだ。クライネルト公爵から彼女のことを頼まれている。その手は使えないと判断した」

　フィーネという人間を無視した方策をとれば、きっとクライネルト公爵は黙っていないだろう。おそらく無理やりにでもフィーネを連れ帰るはず。

　そうなるとこっちの陣営には大きな打撃となる。

「まぁそれは理由の半分だけどな」

「もう半分はなんだ？」

「味方につくという確約もなく、ただ自分の願望に従って動く貴族たちにどうして俺が従ってやらなきゃいけない？　俺の〝今〟を引き換えにするにはあまりにも安すぎた。だから対抗することを選んだ」

　きっと後悔すると思った。フィーネの傍《そば》を離れ、フィーネを群がる男どもの囮にするようなことをすれば、俺は自分を許せない。

　帝位争いに甘えは不要。徹底的に冷徹になる場面も必要だろう。

　だが、譲れない点もある。

「ヴィン……俺もレオもほかの候補者たちとは違う。帝位争いを勝ち抜く決意はある。だが……譲れない部分を譲ってまで勝ち取る玉座に価値を見出《みいだ》してはいない」

「そうだね。大事なものを守るために玉座に挑んでるのに、それを捨てちゃ本末転倒だ」

「まぁ……犠牲が出たことは失敗だったとは思ってる。向こうの馬鹿さが想像以上だった。まさか父上の前で決闘を申し込むとは思わなくてな。あっても終わったあとだと思ってた。そのために挑発的に振る舞ったりもした。和解成立後に決闘を申し込み、負けたりすればどうとでも料理できるからな。それが裏目に出たのは俺のミスだ」

俺とレオの言葉を受けて、ヴィンはしばし不機嫌そうに頬杖《ほおづえ》をつく。

思考を巡らせるときの癖だ。子供の頃から目つきの悪いヴィンは、こういう癖のせいで周りから怖い奴だと思われてた。

ま、怖い奴であることは間違いないが、同時にヴィンは聡明《そうめい》だ。

「甘ちゃんどもが」

しばし黙っていたヴィンがようやくつぶやいたのはその一言だった。

それを聞いて、エルナはもう我慢ならないとばかりに立ち上がってヴィンを指さす。

「さっきから文句ばかりじゃない！　何様よ!?」

「軍師様だな」

「まだ軍師じゃないでしょ!?」

「今なった」

「はぁ？　さんざん文句言っておいて、軍師になる？　なに調子のいいこと言ってるのよ？」

エルナがヴィンにガンをつけながら、底冷えのする声を出す。

怖い怖い。気の弱い奴《やつ》なら失神ものだろうな。だが相手はヴィンだ。その程度の脅しは通じない。

「エリク皇子の勢力は強大だし、エリク皇子自身も有能だ。それに対して甘ちゃんの双子皇子だけじゃ勝ち目はなさそうだからな。オレが協力するくらいがちょうどいいだろう」

「偉そうに……だいたい最初に言ってたじゃない！　アルのお手並み拝見って！　アルのやったことに文句があるなら認めないってことでしょ!?」

「話を最後まで聞け。貧乳勇者。胸に栄養が回せないならせめて頭に回すことだ」

「……死にたいのね？」

そう言ってエルナは怒りからおかしくなったのか、薄く笑いながら剣を抜こうとする。

それをレオが宥《なだ》めながら、ヴィンに質問する。

「まぁまぁ……ヴィン。僕も気になるんだ。兄さんのどこに見るべき点があったの？」

「……最後の盤面。皇后陛下が出てきたあたりで完全に状況はアルの手から離れた。だが、自分の母親の援護があったとはいえ、主導権を取り返して上手《うま》い落しどころを見つけてみせた。これはオレにはできん。宰相ですら困った展開だからな」

「それが君に足りないものなの？」

「そうだな。相手が想像の外を行ったとき、アドリブで状況を組みなおすのはオレには向かん。今回の場合、相手が想像を下回る馬鹿だった。そしてその馬鹿のために皇后陛下まで動いてしまった。混沌《こんとん》とした状況だったのは話だけでもわかる。そこから周りが納得する状況を生み出したのはアルの手腕だ。平行線を辿《たど》れば犠牲は貴族だけじゃすまなかっただろう」

ヴィンの分析は的確だ。

皇后が粘れば、最悪父上は強権で無理やり貴族を処刑していたかもしれない。

その被害があちこちに飛び火する可能性もあった。もちろん俺たちにも。

決闘を受けるときにレオのフリをして責任を口にしたが、平行線を辿ればその責任を問われていたかもしれない。

そういう意味では俺のあの場での提案は妙手だったといえるだろう。自分で言うのもなんだけど。

「なるほど。兄さんは機転が利くからね」

「その機転も考えようだがな。アル、これからはレオとの入れ替わりは控えろ」

「わかってる。もう使わないほうがいいだろうな」

「バレた手は使えないってこと？」

「それもあるが、あまり入れ替わってると疑心が生まれる。疑心は信頼も忠誠も薄れさせるからな。それでも使ったあたり、あくまで自分は無能であり、レオは何でもできる皇子という認識を他者に植え付けたかったんだろう？」

「舐《な》められてたほうが動きやすいんでな」

「まぁそれを望むならそのスタンスでいればいい。ただ、もう無理をしてレオの評判を上げようとする必要はない。その役目はオレが請け負ってやる」

そう言ってヴィンは立ち上がる。

そして俺とレオを見比べて、ぽつりと告げる。

「この膝は……そこまで安くないつもりだ」

「もちろん。承知してるよ」

「そうか……いつか皇太子ヴィルヘルムのようになれると約束できるか？　あの人の下で働くのがオレの望みだった」

「非才の身だけれど、努力することは誓うよ」

その言葉を受けてヴィンは静かに膝をついた。

そして。

「ヴィンフリート・トラレスがレオナルト殿下にお仕えすることを誓います。これよりはあなたの軍師として、すべてを賭けます。あなたの王道を私の知恵で支えましょう」

「うん、頼りにしているよ。僕の軍師、ヴィン」

こうしてレオは念願の軍師を手に入れたのだった。

3

ヴィンがレオの臣下となったことで、俺はいろいろと余裕ができた。

ヴィンは軍師となって早々に、今回の騒動を裏で操っていたのは自分だったという噂《うわさ》を流した。レオに軍師がついたという情報と、その軍師がレオの弱点を埋められるという情報。その二つをそれで伝えたのだ。

今まで俺が担っていたレオの評判調整という部分をヴィンが引き受けてくれた。

俺の場合は、自分を下げることでレオの評判を上げていたが、ヴィンならそういう手間をかけなくてもいい。適任といえるだろう。

そんな中、エリクとレオ、そして俺は父上に呼ばれた。

エリクとレオが呼ばれた理由はわかる。式典での接待役となる国を決める気だろう。

しかし俺が呼ばれたのはどういう意味だ。

接待役ということなら、オリヒメが俺を指名するはず。指名があるということはほぼ決まってるようなものだ。わざわざそれを却下すれば評判が下がるだけだし、帝国はオリヒメには強く出られないしな。

そんなことを思いながら俺は最後に玉座の間に入った。

すでに父上とフランツ、そしてエリクとレオはいた。

「遅いぞ。アルノルト」

「急いだつもりなんですけどね」

「走ってこい」

「疲れて受け答えができなくなってもいいならそうしますけどね」

俺の返事に父上が眉を顰めるが、横でフランツが咳払《せきばら》いをする。

今はそんなことを話している場合じゃないってことだろう。

「ふん……エリク、そしてレオナルト。お前たちが接待役をする国を決めたいと思う。希望はあるか？」

「父上のご命令であればどのような国でも構いません」

レオが先んじて無難な答えを返す。

それに対してエリクは一拍置いてから答えを返した。

「私は皇国を希望します」

「ほう？　その理由はなんだ？」

「外務大臣として幾度も足を運んだ国ですし、レオナルトよりは私のほうが反感を買わないかと」

「レオナルトでは駄目な理由はなんだ？」

「十一年前、ドワーフの一件で皇国と帝国は揉《も》めました。そのときにレオナルトの母であるミツバ殿が陛下に会っているのは向こうに知られています。あの一件の詳細までは知らないでしょうが」

そう言ってエリクがちらりと俺を見る。お前が起こした問題のせいだぞと言われた気がしたけど、もう過去のことだ。言われたってどうしようもないため、俺は肩をすくめて受け流す。

それを見てエリクは軽くため息を吐《つ》きつつ、言葉を続ける。

「あの一件でミツバ殿に良い感情を持っていない者も多いでしょう。ですから私が皇国の要人を接待したほうが無難かと」

「ふむ。どう思う？　フランツ」

「エリク殿下の言う通りかと。余計な問題を起こしている暇は我々にはありませんので」

「なるほど。ではエリクに皇国は任せる。それでよいな？　レオナルト」

「構いません」

そう言ってレオは頭を下げる。

こうなることはわかっていた。だからレオはさっさと無難な答えを返したんだ。皇国と王国では皇国のほうが帝国内での評価は上だ。その接待役となるということは大きいが、エリクは皇国に知り合いも多い。どう頑張ったって勝てないなら争わないほうがいい。

どうせ二択だ。余ったほうがレオに転がってくるなら悪い話じゃない。

「そうなると王国の接待役はレオナルトだな」

「それがよいかと。王国の代表者もレオナルト殿下かアルノルト殿下を希望しておりましたから」

「俺とレオを？」

気になる言葉に俺は思わず反応する。王国は十一年前に帝国と一戦交えている。その後、少しずつ交流を深めてきた。こちらからも人を派遣し、向こうからも人が帝都にやってきた。そのうちの一人だろうが、俺とレオがそこまで仲良くなった人物がいただろうか。

一瞬、記憶の海を潜る。だが、俺がその人物を思い出す前にレオが告げた。

「まさか……〝聖女〟様が来られるんですか？」

「ご名答だ。よくすぐに出てきたな？」

「……よく覚えていますから。滞在したのは二日だけでしたが」

「そうだ。向こうもそのときのことを覚えていたらしくてな。アルノルトは忘れているようだな」

「言われて思い出しましたよ」

そうだ。五年前。当時、十三歳の俺たちは王国からやってきた少女と二日間過ごした。

一つ年上だったその少女は〝聖女〟と呼ばれていた。

今から七年前。当時十二歳だった少女は伝説の杖《つえ》を手にして、複数の国と戦争状態だったペルラン王国を救った。

帝国とも国境にて睨《にら》みあいが続いていたため、大使としてその聖女は帝国にやってきた。

仲良くなったのは偶然だった。その聖女が俺たちの母上と話をしているときに俺たちが母上に会いにいったから。

楽しい二日間だったのを覚えている。そうか、向こうも覚えていたか。

「救国の聖女レティシア。彼女が王国の代表というわけですか」

「そうだ。王国としては帝国とさらに条約などを結びたいようだ。彼女が出てくるということはそういうことだからな」

「前回も国境での緊張を解いたのは彼女ですからね。接待役には政治的な判断も求められるかもしれません」

「全力を尽くします！」

いつになくやる気満々な顔でレオがつぶやいた。

その顔を見て軽くため息を吐きつつ、俺は自分の用件を済ますことにした。

「それで？　どうして俺も呼ばれたんですか？」

「実は……仙姫様がなかなか帝都に帰ってこられないのです」

「北部にいるんじゃないんですか？」

「最初はそうでしたが、こちらが用意した馬車で帝国を遊覧しているようです」

「自由すぎるだろ……」

なかなか帰ってこないなと思ったら、そんなことをしてたのか。てっきり北部が気に入っただけかと思ってた。

「お前から手紙を書け。これ以上、自由に動かれては困る」

「はぁ……わかりました」

呆《あき》れながら俺は了承する。オリヒメのことだ。呼べば来るだろう。

「頼んだぞ。それとレオナルト。聖女殿はすでに帝国へ向かっているそうだ。王国の第一王子と共に、な」

「随分と早いですね？」

「用件はだいたい想像がつく。レオナルトは聖女殿を歓待することを考えろ。以上だ」

　短くまとめて父上は玉座から立つ。

　王国の第一王子はザンドラに求婚している。それについて話をまとめる気なんだろう。

　父上を見送り、俺とレオも玉座の間を後にする。

「王国の第一王子は別件だけのために帝国に来るのかな？」

「そうじゃないか？　代表は聖女様だけだろう。あの口ぶりじゃ」

　よほどザンドラを妻にしたいんだろうな。何か裏があるような気もするが、ヒントがなさすぎて予想もできない。

「警戒したほうがいいかもね」

「ほどほどにな。あんまり怖い顔してると聖女様に嫌われるぞ？」

「そ、そんな顔してないよ……」

　言いながらレオは窓を見て自分の顔をチェックする。そんなレオに苦笑しながら、俺はつぶやく。

「お前はどうやって聖女様を出迎えるかだけ考えておけ。なにせ――」

　お前の初恋の相手だからな。

　そう俺がニヤリと笑って告げるとレオは顔を真っ赤にして押し黙ったのだった。

4

「これでよし、と」

オリヒメへの手紙を書き終えた俺は、それを机の横に置いて軽く伸びをする。やるべきことはとりあえず終わった。

「この後のご予定はどうなさいますか？」

「やらなきゃいけないことはもうないな？」

セバスは俺の問いかけに頷《うなず》く。レオは聖女を出迎える準備に忙しいし、軍師となったヴィンはレオを支持する貴族たちとの話し合いに追われている。今のところ、俺がやるべきことは何もない。ゆえに。

「暗躍の時間だな」

「珍しいですな。問題が片付いた直後に動くのは」

「今、調べておきたいことがある」

「ソニア殿のお父君が言っていたことですかな？」

「そうだ。今の帝位争いはおかしい。そう言われたからには調査するべきだろう」

「確かに気になる言葉です。しかし、式典前にあえてやるべきことでしょうか？」

「式典前だからやるんだ。帝国を混乱させて得をするのは、周辺諸国だ。そこから代表たちが集まってくる。もしも本当におかしいというなら、式典も無事では終わらないだろう」

「なるほど。ではどこから手をつけるおつもりで？」

「最初に動いた奴《やつ》から調査する」

　最初に動いた奴。帝位争いは三年も続いているが、基本的には三《み》つ巴《どもえ》の勢力争いだった。動き出したのはレオが第四勢力として名乗りをあげたあたり。だが、動いたのはレオではない。

　第五皇子カルロスだ。

「帝位を狙った暴走。英雄願望に取りつかれた馬鹿。そう思っていたが、真面目に聞き込みにいくとするか。裏で操った奴もいるだろうしな」

「ですが、カルロス皇子の所在は判明しておりません」

　カルロスは皇帝によって命だけは助けられた。だが、皇帝の領地のどこかで軟禁されている。その場所は限られた者しか知らない。だが。

「判明していなくても絞れてはいるだろ？」

「三か所ほど気になるところがあります。皇帝陛下の別荘を管理しているだけにしては、物資の行き来が激しいかと」

「じゃあ虱潰《しらみつぶ》しといくか」

　そう言って俺は銀の仮面を取り出す。帝国は俺の庭だ。手あたり次第に探すなんて朝飯前だ。

「こちらが三か所の候補です」

　セバスは地図を取り出し、三か所に丸をつける。それを見て頷くと、俺はシルバーへと姿を変えた。

「それじゃあ行ってくる」

「行ってらっしゃいませ」

セバスに見送られ、俺は転移したのだった。

■■■

まず初めに帝国西部にある皇帝領に飛んだ。皇帝領というのは皇帝の直轄地。当然ながら貴族は特例でもなければ住むことはできない。

そこにある皇帝の別荘。本来なら皇帝か皇族しか使えないその別荘に、なぜかかなりの数の護衛がついていた。

「最初から当たったか」

言いながら俺は自分の姿を幻術で見えなくして、その別荘へと入っていく。

幾度か護衛とすれ違ったあと、俺はベランダからとある部屋に入った。そこにはベッドで読書をしているカルロスがいた。

右手はなく、下半身は動かない。その姿は惨めなものだった。だが、本人は読書を楽しんでいるように思えた。

「お楽しみ中、失礼」

あえて俺は声をかけた。するとカルロスはゆっくりと俺のほうを見た。幻術はカルロスにだけ見えるように調整したため、カルロスは俺の姿を見て、少し微笑《ほほえ》んだ。

「これはこれは……シルバーが私に何の用かな？」

穏やかな声だ。今を悲観している者の声ではない。

「少し聞きたいことがある」

「喋《しゃべ》れることは全て父上に話したよ。それをご所望かい？」

「如何《いか》にも」

「そうだな……私は吸血鬼の二人と取引をした。しかし、そこには仲介者がいた。常に顔を隠していたため、正体は知らない。だが、その人物が私と吸血鬼を繋《つな》げ、東部での一件を持ち掛けてきた。当時の私はどうにかして、帝位争いに割って入りたかった。だから深く考えずに提案を飲んだんだ」

「……素性も知らない相手を信用したと？」

「そうだね。私は……優秀な兄妹たちに囲まれて生きてきた。皇族の中で私ほど劣等感に苛《さいな》まれていた者はいないだろう。年齢の近い者に劣ることはどうにか耐えられた。しかし、年下のレオナルトが帝位争いに参戦すると知り、私は正常な判断を失った」

「あなたより劣る兄妹はいると思うが？　上ばかりを見すぎたな」

「知らないからそんなことを言えるのさ。私にはわかる。私以下の皇族は存在しない。末弟ですら、私よりも優秀だ。一番近いのは第九皇子のヘンリックだが、それでも私よりも多くのことができる。だから……私はどんな手を使っても帝位争いに参戦したかった。物語の英雄のようにピンチに颯爽《さっそう》と現れて、事態を解決して手柄としたかった。君のように、ね」

「俺のように、か。本当にそうか？」

カルロスが憧れたのは決してＳＳ級冒険者ではない。それくらいはわかる。

カルロスの前にいたのは俺ではないのだから。

「そうだな……私は長兄のようになりたかった。あの人のような英雄に……」

物語だけの存在なら諦めもつくだろう。だが、すぐ近くで英雄を見せられたのなら、憧れは止められない。ましてや、その後を兄妹がついていき、自分だけが置いてけぼりなら。

「しかし、なれなかった。吸血鬼と手を組み、東部を混乱に陥れた。そんな卑怯《ひきょう》な手を使っても、あなたは英雄にはなれなかった。払った犠牲も大きかった。だが、今のあなたは俺には清々《すがすが》しいように見えるが？」

「帝国は偉大な英雄を失った。長兄はもう帰ってこない。しかし、新たな英雄が生まれた。私が生み出した混乱の中で、レオナルトは自らの真価を見せつけた。まるで私が憧れた亡き皇太子のように。だから私は満足している。新たな英雄の門出に立ち会えたのだから」

「自己満足だな。あなたが出した犠牲は大きい」

「自覚しているよ。だから私はここで生き続ける。愚か者の末路を生涯にわたって証明しよう。どれだけ批難されようと私はここに居続ける。それが私の償いだ」

「……そうか」

収穫はなし。そう思っていたが、カルロスなりのけじめを知れたなら来た甲斐《かい》があったな。

そんなことを思いながら俺はカルロスに背を向ける。するとカルロスが声をかけた。

「シルバー」

「何かな？」

「君が私に話を聞きに来たのは帝位争いに疑問を持ったからかな？」

「如何にも」

「では、最後に私の見解を聞いてほしい。ずっと考えていた。仲介役は私の性格を熟知していた。夢見がちで英雄願望がある。誘えば乗るとわかっていたのだ。これは帝国の中でも近しい者しか知らないことだ。そして仲介役は完璧に吸血鬼をコントロールしていた。利害の一致ではない。明確な上下関係があった。そこから導き出した私の答えは……我が兄エリクだ。他の二人は吸血鬼を駒とできるならもっと違う方法を取る。あのような使い方はしない。あんなことをできるのはエリクのみだ」

「証拠は？」

「弟の勘だ。実際、彼らが口を割らなかったのは恐れていたからだ。では、何を恐れる？　彼らの前に立っていたのは君とエルナ・フォン・アムスベルグだ。これより恐ろしい組み合わせはそうはない。それでも口を割らなかったのは同格の恐ろしさを知っていたから。そうなるとそんな相手を動かせるのはエリクしかいない」

「……ほかのＳＳ級冒険者が繋がっていると？」

「確証はない。だが、エリクの手の中にそれ相応の切り札があるだろうことは予想するべきだろう。私の見解は以上だ」

そう言ってカルロスは笑う。その穏やかな笑みに見送られながら、俺はその場を後にしたのだった。

5

カルロスの下を去った俺は、帝国東部にある砦《とりで》に来ていた。ここは戦略的価値の消失した砦で、最近では駐屯所としてしか使われていなかった。

だが、今は一人のための牢《ろう》として使われている。その一人とは、元南部公爵、スヴェン・フォン・クリューガーだ。

生け捕りにされたクリューガーは、ここで厳重な警備の下、監禁されている。間違いなく死刑とされるが、簡単に死刑にするには大物すぎた。父上は幾度も尋問を重ねて、情報を引き出そうとしているのだ。

そんなクリューガーがいる砦に俺は潜入した。

護衛たちを幻術で躱《かわ》し、クリューガーがいる部屋へと向かう。

広めの部屋にクリューガーは監禁されていた。しかし、その生活自体は悪くなさそうだ。

「公爵ともなると、大罪を犯しても厚遇されるようだな」

「ほう？　これは珍しい客が来たものだ」

姿を現した俺を見て、クリューガーは驚いた様子を見せる。しかし、驚きは一瞬。

クリューガーは紅茶のセットを用意し始めた。

「飲むかな？」

「結構だ」

「それは残念だ。良い茶葉なんだが」

言いながらクリューガーは自分の分の紅茶を淹《い》れた。レオによって片腕を切り落とされ、不自由しているようだが、目につくのはそれくらい。生活は今も公爵のようだ。

「不思議かな？　私が贅沢《ぜいたく》をしているのは」

「そうだな」

「帝国には多くの貴族がいる。私と関わりがない貴族のほうが少ない。私に喋ってほしくない情報を握られている貴族たちが、こうして贈り物をしてくるのだよ」

「それを皇帝が許すとはな」

「最初は許さなかった。しかし、私が一向に口を割らないから贅沢をさせる方針に変えたようだ。小賢《こざか》しい策だ。きっと宰相の提案だろう」

人間、豊かになれば気が緩む。厳しい環境においても口を割らないから、贅沢をさせる方針に変えたか。押して駄目なら引いてみろ、か。

貴族から贈り物をさせているのは、クリューガーを贅沢させるのに国庫の金を使いたくないからだろうな。贈り物をする貴族は何か隠しているというのもわかる。悪い策じゃないが、本人はまったく気にしていないあたり、効果はなさそうだ。

「余裕だな？　反乱に失敗したというのに」

「私はまだ負けたわけじゃないのでね。情報が欲しい皇帝は私を殺せない。そしてザンドラ次第で私の処遇も変わってくる。それまで私は持久戦をするつもりだ」

呆《あき》れたしつこさだな。いまだに諦めていないのか。確かに父上はクリューガーから情報を引き出したいと思っている。だが、それを諦めて処刑することくらい、父上は平気でやるだろう。

そんな父上を知っている俺からすれば、クリューガーの考えはやや甘い。

「どうせ皇帝に頼まれて来たのだろうが、私は何も吐く気はない。私が持つ情報は私の生命線だからだ」

「別に皇帝の頼みで来たわけじゃない。個人的に気になることがあったからだ」

「ほう？　君ほどの人間が気になることとは？」

「南部での反乱時、吸血鬼の血を使った薬を使用したようだな？」

「未完成品だがね。完成してれば私の勝ちは揺るがなかった」

「そうかな？　ここに来る前、カルロス皇子に会ってきた。彼は自分を裏で操ったのはエリク皇子だと言っていた。吸血鬼を駒のように扱えるのは彼しかいない、と。そこで気になる。あなたはどうやって吸血鬼の血を手に入れた？　そう簡単に手に入るものじゃない。普通に考えれば東部で事件を起こした吸血鬼たちのものだろう。そうなると、あなたもエリク皇子に踊らされたということになるが？」

「馬鹿にするな！」

飲んでいた紅茶のカップを、クリューガーは勢いよく机に置いた。その勢いで紅茶が少しこぼれる。そこでクリューガーはハッとして、我に返った。

「怒るあたり、自分でもそう思っていたか」

「……私は踊らされてなどいない。エリク皇子が私に戦力を与える理由もない」

「ザンドラ皇女が失脚した。それで十分だろう。あなたは戦力にそれなりの自信があるから強気に出られた。自信がなければさすがに動くまい」

「……憶測でモノを言うのはよせ。あの吸血鬼の血はエリク皇子からもたらされた物ではない。だから私は踊らされたわけでもない！」

屈辱の色がクリューガーの顔に浮かぶ。南部を長きにわたって支配した公爵として、簡単に踊らされたとは認めたくないらしい。

確かに憶測だ。そもそもエリクが吸血鬼と関わっているという証拠もない。だが、エリクなら裏でクリューガーに研究素材を流すくらいはやりかねん。

「情報がすべてを示している。カルロス皇子の言う通り、吸血鬼を駒のように使える皇子はエリク皇子くらいだ。そして偶然、似たような時期に帝国で吸血鬼の血を手に入れていたあなた。繋がっているわけじゃないなら、利用されたとみるべきだろう」

「あの血はとある組織から手に入れた物だ！　エリク皇子からもらった物でも、エリク皇子から流れてきた物でもない！」

とある組織か。間違いなく犯罪組織だろう。それが本当なら考えられるのは二通り。

一つはその組織が独自に吸血鬼の血を入手できたというパターン。もう一つはエリクがその組織と繋がっていたというパターン。

さて、どんな組織やら。

聞き出そうとするが、クリューガーがしまったという表情を浮かべていた。口を滑らしたことに気づいたか。警戒されていると情報は引き出せない。

さてどうしたものか。組織の名前までは知りたいんだが。

考え込んでいると、椅子に座っていたクリューガーの顔色がみるみる青くなっていった。

明らかにおかしいその顔色と、クリューガーから発せられる謎の力を感じた俺はすぐに彼を結界で封鎖した。

「げっほ、げっほ……はぁー……」

まるで溺れていたかのような反応だ。必死に呼吸をしている。さきほどまで普通に過ごしていた男が、だ。

「なぜ……だ……？」

「契約には誠実でなければいけない。君は我々のことを口外しないと約束した。そしてそれを破った。罪には罰だ」

ベランダから白いフードを被《かぶ》った長身の男が部屋に入ってきた。いつの間に入ってきたのやら。クリューガーに意識を集中していたとはいえ、ここまで近づかれるとはな。

「私は……何も……」

「契約は厳格だ」

そう言って男はクリューガーに近寄ろうとする。おそらく設置型の呪い。契約と同時に仕込んでおり、発動したから現れたというところか。

俺が何もしなければクリューガーは呼吸困難で死んでいただろう。それだけで相手の実力が飛びぬけていることがわかる。

「俺の尋問中だ。控えてもらおう」

「契約は絶対だ。違反した者には死を。それが私の流儀でね。君が余計なことをしたから、彼はまだ生きている。困るのだよ」

「死なれると困るんでな」

「互いに困っているか……では、どうする？」

そう言って男はフードの奥で笑う。俺がＳＳ級冒険者だと気づいていないはずはない。それでも笑みを浮かべるあたり、常識から外れているな。

「実力行使というなら相手になるぞ？」

「不遜だな？　たかが人間が」

「よく言われるよ」

そう言った瞬間。俺は転移門を開き、その男を摑《つか》んで引きずり込む。

　あそこは帝国の砦だ。しかもクリューガーが監禁されている重要な場所。そこで俺が暴れたとなれば、多くの問題が生じる。さらにこいつの目的はクリューガーの口封じ。

　だから俺は遠くに飛んだのだった。

6

「短距離の転移ならまだしも、一瞬で長距離転移とはな……ＳＳ級冒険者というのも伊達《だて》ではないらしい」

　俺が男を連れて飛んだのは帝国東部にある山間部。周りは山ばかりの土地だ。ここなら多少暴れても問題にはならないだろう。

「俺がＳＳ級冒険者と知りながら戦いを挑む奴《やつ》がいるとはな」

「自分が最強だと思っているようだな？　その傲慢さは気に入らない。身の程を知れ」

　言いながら男はどこからともなく一本の剣を取り出した。

「嘘《うそ》は好まない。ゆえに教えておいてやろう。私の武器は糸だ」

　そう宣言した瞬間、男の手にあった剣が無数の糸へと変化した。魔力でできた糸といったところか。おそらく細くするのも太くするのも自由のはず。

「クリューガーを窒息させかけたのはその糸か」

「如何《いか》にも」

契約の際にくっつけておき、違反すればそれで絞め殺す。結界で防げたのは遠隔操作を断ち切れたからか。

　厄介な能力だ。しかし、解せない。

「その力ならいくらでも奇襲できるはずだが？」

「正々堂々が私の信条なのでな。それに人間相手に奇襲など恥でしかない」

　そう言って男は瞬時に俺の懐に潜り込んできた。

　速い。しかも手には糸を束ねた剣。避《よ》けるのは下策だろう。糸ならば伸ばそうと思えば伸ばせる。だから俺は結界で男の一撃を受け止めた。咄嗟《とっさ》に張った結界は三重。そのうち、二枚が砕かれた。

「やれやれ……俺の結界を壊せる奴はそういないはずなんだがな？」

「世界は広いということだ」

「それには同意しよう。なにせ別世界まであるからな」

　言いながら俺は結界で男の腕を拘束し、上から無数の魔力の弾を降らした。

　動きを止めてから制圧。空からの弾幕を避けるには結界を破壊してから逃げるという手段しかない。

　轟音《ごうおん》と共に魔力弾が着弾し、土煙が立った。しばらくして土煙が晴れたときには、辺りは更地になっていた。しかし、そこに男の姿はない。

「まったく……詠唱もせずにあんなことができるとは……正直驚いた」

「こっちも驚きだ。まさか腕を捨てるとはな」

男の右腕は無くなっていた。拘束された腕を自ら斬って、あの場を脱したんだろう。

受け止めたならその隙に攻撃を仕掛けていた。あの場は逃げるのが得策。しかし、平気で腕を捨てるとは。

普通の人間ならまずできない芸当だ。しかし。

「仮初《かりそめ》の体だと便利なものだな？」

「気づいたか」

「あまり馬鹿にしないでもらおう。不可思議な力に人間を見下した言動。そして平気で腕を捨てる行動。似たような例と南部で遭遇している。死者の体を依《よ》り代《しろ》として現れた悪魔だ。お前もその類だな？」

俺がそう指摘すると男はニヤリと笑い、どこからともなく斬り落とした腕を出現させた。そしてその腕をくっつける。すると、瞬く間に腕が動き始めた。

悪魔の力か、もしくは糸で縫い合わせたのか。どっちにしろ、痛みを感じる体なら簡単にはできることじゃない。

「同類と出会っていたなら話は早い。私はマルコシアス。読み通り悪魔だ。まぁ隠す気もなかったのだがな」

「そうみたいだな」

隠す気がないのは自信の表れ。ここで俺を始末できると思っているからだ。

しかし、これは大問題だ。南部のときとは全く違う。あのときは召喚されたばかりだった。しかし、こいつは違う。

あのとき、危惧したことが現実となり、人間を依り代とした悪魔が人間社会に紛れ込んでいる。公にはできない問題だ。隣人が悪魔かもしれないと疑心暗鬼になるし、それを使って、他人を陥れることができてしまう。

しかし、放置もできない。悪魔はかつて人間を追い詰めた。結果的には人間側が勝利したが、次も勝てる保証はどこにもない。

「貴様は魔王軍の残党か？」

「どうだろうな？」

「誠実ではないのか？」

「私は誠実だ。しかしお人よしではない。知りたいなら無理やり聞き出してみろ」

「そうするとしよう」

再度、俺は無数の魔力弾を展開する。それをすぐにマルコシアスへ向かって斉射した。

しかし、マルコシアスは細い糸を使ってすべてを撃ち落とした。その顔には余裕の笑みまで浮かんでいる。全然、本気ではないということだろう。

「人間の中では化け物かもしれないが、悪魔が相手でも化け物でいられるかな？」

「それはわからないな。だが、一つ確かなことは、お前の同類を討伐したのはこの俺だということだ」

マルコシアスは俺の言葉に笑いながら突っ込んでくる。

今度はさきほどとは違い、俺は後ろに下がった。すると、マルコシアスの糸が追ってくる。

結界で受け止めるのは簡単だが、結界の強度はさきほど知られてしまった。今回はそれを打ち破る攻撃を用意しているはずだ。安易に足を止めたら劣勢になりかねない。

そう思い、俺は空へと上がる。だが、マルコシアスも俺を追って空へと上ってきた。

糸が執拗《しつよう》に追ってくる。迎撃しようにも、さきほどの攻防から、魔力弾程度じゃ簡単に撃ち落とされる。

「試してみるか」

埒《らち》が明かないため、俺は結界を張って空中で静止する。詠唱の時間を稼ぐためだ。だが、俺が止まった瞬間、糸が集まって槍《やり》のように変化する。

そして真っすぐ結界を貫き、俺の腹部も貫いた。

「そんな脆弱《ぜいじやく》な結界で私の攻撃を止められるとでも？」

マルコシアスは嘲笑《あざわら》う。串刺しにされた俺はそのまま、地面へと落下していく。

マルコシアスはそんな俺を追おうとするが、その前に気づいた。

「……幻術か？」

「正解だ」

転移で背後に回っていた俺は、そのままマルコシアスを蹴り飛ばす。勢いよくマルコシアスは地面に叩《たた》きつけられるが、大したダメージはないだろう。

大事なのは時間が俺に与えられたということだ。

「大魔法で地形を変えるわけにはいかないからな」

使える魔法は限られている。いくら俺がＳＳ級冒険者とはいえ、帝国に打撃を与えれば批難される。だが、相手は人の体を依り代とする悪魔だ。捕獲は不可能。ここで仕留めるしかない。

簡単に使える魔法じゃ防御は突破できないし、傷を与えても意味はない。やるからには消滅させるしかない。

「消滅させるというなら、ピッタリのやつがあるか」

問題は大魔法だということだ。打ち方を考える必要がある。

同じ手を二度食らう相手でもないだろう。騙《だま》すなら工夫が必要だ。

「よし、この手で行こう」

頭の中でプランが固まる。同時にマルコシアスが空へと上がってきた。

「小賢《こざか》しいな。人間らしい」

「知らなかったか？　人間は賢いのだよ」

「争いしかしない人間が賢い？　笑わせるな」

「交渉もなしに力で征服しようとして、返り討ちにあった悪魔に言われるとはな。確かに笑える」

「それを言われると返す言葉もないな」

そう言ってマルコシアスは笑う。挑発は無意味か。挑発に乗るような奴だと楽だったんだがな。まぁ、プランを変えるほどでもない。

俺は幻術で無数の分身を生み出す。そして両手を体の前に出す。

「どれが本物かわかるかな？」

「すべて攻撃すれば済むだけのことだ」

マルコシアスは糸を無数に分けて攻撃してくるが、その糸はすべて結界で防がれた。こちらの分身に対処するため、向こうも糸を分けた。それだけ攻撃力も落ちる。

「正解を引かなければならないということか」

「もちろん時間制限もあるぞ？」

そう言って俺は両手を広げた。使うのは吸血鬼と無数のモンスターを消し去った黒の古代魔法。触れたモノを消滅させる扱いにくい魔法だ。

消費する魔力は多いし、コントロールもしにくい。抜群の威力が取り柄だが、あまり使いどころがない魔法といえる。だが、こいつ相手にはピッタリだ。

問題はどう当てるか。どう地形に影響を与えないようにするか。それは向こう次第だ。

《我は簒奪《さんだつ》者なり・冥府の底より黒を簒奪した》

詠唱を開始して、分身すべてが魔法の発動態勢に入った。すべてを攻撃するのは不可能。

《その黒は闇よりなお暗く・その黒は夜よりもなお深い》

ならば、敵が取る方法は一つ。

「私に本物が見抜けないと思っているな？　甘く見られたものだ！」

マルコシアスは糸の剣を構えて、真っすぐ本物の俺へ突っ込んでくる。一度見た幻術だ。二度は騙されないということだろう。

《開闢《かいびゃく》の闇黒《あんこく》・終焉《しゅうえん》なる極黒》

詠唱が佳境に入ったところで、マルコシアスは俺の前へと立った。勝ったと言わんばかりの笑みだ。だが、それは甘い。

ちゃんと本物を見分けてくれると思っていた。そうでなければ仕掛けが無駄になるからな。

「その首貰《もら》ったぞ！　ＳＳ級冒険者！」

そう言ってマルコシアスは最大の攻撃を俺に仕掛けてきた。だが、それを放つ前にマルコシアスは俺の前に展開された転移門によって飛ばされた。

最大威力の攻撃をするために、動きは直線的になる。罠《わな》にはかけやすい。

俺は腕を空へと向ける。そして最後の詠唱を行った。

《すべてはその黒より生まれ・すべてはその黒に還《かえ》る――インフィニティ・ダークネス》

巨大な黒い球体が俺の頭上に浮かび上がる。触れたモノをすべて消滅させる危険な黒球だ。

それを見て、空に飛ばされたマルコシアスはつぶやく。

「甘かったのは私のほうか……」

「答えろ。貴様は魔王軍の残党か？」

「答えてやろう。私は誠実だからな。私は悪魔、マルコシアス。かつての大戦には参加していない」

つまり五百年前に大陸へやってきた悪魔ではないということだ。新たに召喚された悪魔か。

その答えに満足しつつ、俺は黒球を放った。マルコシアスは最高の一撃を黒球へと放つが、黒球は止まらずに悪魔を飲み込んだ。

空が真っ黒に染まる。その黒が消え去ったとき、その場には何もなかった。

「……」

勝ったという喜びはない。こいつはただの先兵だ。同じレベルの悪魔があとどれほどいるのか？　何を目的として動いているのか？

少なくともクリューガーの口を封じに来たということは、クリューガーが関わっていた組織と関係があることは間違いない。

「ギルドに報告するしかないか……」

果たしてどれほどの効力があるか。今の冒険者ギルドの本部は一枚岩ではない。だが、放置もできない。これは大陸の危機だ。帝国の危機どころじゃない。

そんなことを思いながら、俺は帝都へと戻ったのだった。

7

「クリューガーが暗殺されかけたという情報が城に出回っております」

「失態だな、俺の」

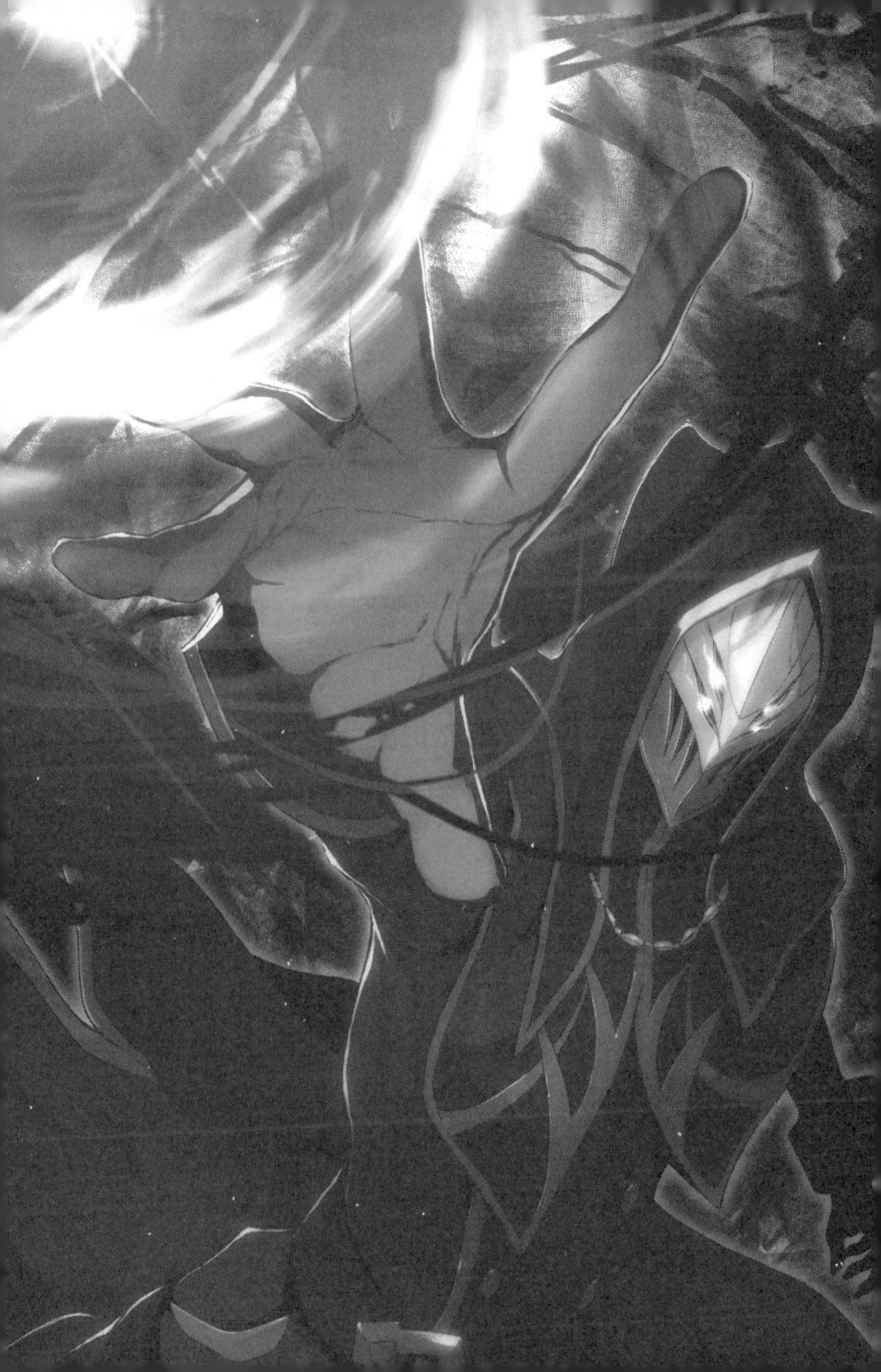

「一命は取り留めております」

「意識不明だ。喋《しゃべ》れない以上、クリューガーの価値は消失した」

部屋で俺はそうセバスに言うと、深く息を吐いた。

敵は悪魔だった。しかし、万全を期していれば防げていたかもしれない。

「悪魔が相手では致し方ないかと」

「想像力を働かせるべきだった」

「人には限界がございます。一人仕留められただけでも上々とするべきでしょう」

「謎が深まっただけだ。奴《やつ》の言葉を信じるなら魔王軍の残党ではない。つまり、新たに召喚された悪魔だ。悪魔を召喚し、暗躍している者たちがどこかにいる」

「ギルドにも報告した以上、いずれ見つかるかと」

「見つけてどうする？　相手は悪魔だ。しかも見た目は人と変わらない。クリューガーの口封じに出てきたあたり、奴は大物じゃない。あのレベルの悪魔が複数いるとなれば、見つけたところでどうにもできない」

「そのためのＳＳ級冒険者では？」

「俺以外の奴らがどれほど動くか……エゴール翁《おう》はしばらく動かないだろうし、他の三人にも期待はできない。今のギルド本部には求心力がない。ないものずくめだ」

俺はため息を吐《つ》きながら冷めた紅茶を飲む。

今回の帝位争いはおかしい。その言葉を調べるために動いたが、藪《やぶ》をつついて蛇どころか、竜が出てきた。

「帝国内に悪魔がいた以上、奴らの標的は帝国と見るべきだろう。そして帝国では近々大規模な式典がある」

「悪魔が式典を狙うと？」

「悪魔か、協力している奴らか。どちらにしろ、式典は無事には終わらないだろうさ。これまで多くの問題に直面してきたが、今回はその比じゃないかもしれない」

嫌な予感を覚えつつ、俺は外を見る。

帝都は式典に向けて徐々に盛り上がりを見せている。浮かれていると言い換えてもいい。その裏で黒い陰謀が渦巻き始めている。多くの賓客が来る以上、帝国だけの問題では済まないだろう。

防がなければいけない。裏での戦いは俺の持ち場なのだから。

Episode 4

第四章　聖女レティシア

1

数日後、城は慌ただしい雰囲気に包まれていた。式典に先んじて、王国の代表である聖女レティシアがやってくる日だからだ。

出迎えるのはレオ。それを俺はバルコニーから見ていた。

「ふーむ、まだ来ないようだな？」

「少しは待てないのか？　さっきから何回同じことを言ってるんだ？」

「遅いほうが悪い」

悪びれた様子もなく、オリヒメがそう言い切った。オリヒメが帝都に到着したのは、今日の朝だ。遊覧中だったが、帝都の近くにはいたらしい。手紙を見て式典のことを思い出したそうだ。まったくもって自由な奴だ。

「それはそうと、なぜそなたの弟はそわそわしてるのだ？」

「大陸に名高き聖女様を出迎えるからだろうさ」

「聖女？　ペルラン王国の聖女か？」

「そうだ。聖剣と同じように流星から作られたとされる〝四宝聖具〟の一つ、聖杖《せいじょう》を持つ女性だ。王国版エルナってところだな」

「四宝聖具か。それは妾《わらわ》でも知っている。聖剣を含めた四つの聖なる宝具のことだな？　聖女が持っていたとは意外だ」

「一般には伝説の杖《つえ》としか伝わってないからな。そもそも四宝聖具は謎が多い。古代魔法の時代よりもさらに昔に作られたとされるし、効果もまちまちだ。同列に語られているが聖剣はその中でも頭三つ分くらい抜けている」

「詳しいではないか」

「幼《おさな》馴染《なじみ》が聖剣持ちだからな」

そう返しつつ俺は空を見上げる。それを見てオリヒメが不思議そうに首を傾《かし》げた。

「なぜ空を見る？」

「ペルラン王国の聖女は聖杖を持っているだけじゃない。王国内でも数少ない鷲獅子《グリフォン》を乗りこなす」

そう言った瞬間、空から七、八頭の鷲獅子がこちらに向かってきた。

その先頭を駆けるのは白い鷲獅子に乗った淡い金髪の女性。

背中にかかる程度のセミロングで、身に着けたカチューシャが特徴的だ。

神秘的な雰囲気を纏《まと》うその女性は美しかった。ただ外見的なものだけじゃない。彼女は真っ白な雪のような美しさを持っていた。

穢《けが》れを知らない女性。それが聖女レティシアという人物だった。

レティシアのあとにはなぜか乗り手のいない黒い鷲獅子が続き、そのあとに護衛の鷲獅子騎士たちが続く。

そんなレティシア一行をレオは恭しく頭を下げて出迎えた。

ちょっと気になったので、魔法を使って会話を盗み聞きする。

「ようこそ、帝都へ。聖女レティシア様。長旅お疲れさまでした。帝都にいる間はこの第八皇子レオナルトが接待役を務めさせていただきます」

「出迎えありがとうございます。レオナルト皇子。それとお久しぶりですね。五年ぶりでしょうか」

「はい。お久しぶりです」

レオのやつ、緊張してるな。いつもなら成長したレティシアを褒めるところだろうに。

今は無難なことしか言わない。たぶん変なことを言わないようにしようとか思ってるんだろうな。そんなレオを見てレティシアはおかしそうに笑う。

「皇子、五年の間に友情は消えてしまいましたか？」

「い、いえ！　そのようなことは！」

「では肩の力を抜いてください。あなたが肩に力を入れているのを見ると、こちらも肩に力が

入ってしまいます」

「も、申し訳ありません。その……あなたが……とても綺麗《きれい》になられていたので緊張してしまって……」

「ありがとうございます。レオナルト皇子もカッコよくなりましたよ。いえ、こんな言い方はいけませんね。あなたはとてもご立派になられた。いまやあなたの名声は王国にも轟《とどろ》いています。民を助ける英雄皇子と」

「そんな……僕は周りに助けられているだけです」

「それでも民を助ける決断はあなたのしたことでは？　あなたの優しさがそのままであることを私は嬉《うれ》しく思います」

そう言ってレティシアはレオに手を差し出す。レオは緊張した様子でその手を取り、握手をかわした。そしてさらにいくつか言葉を交わした後、二人は城へと歩いていく。

そんな中でレティシアがこちらを見た。

まるで澄み切った空のように蒼《あお》い彼女の瞳が俺を捉え、レティシアはニッコリと笑って俺に手を振った。さすがに手を振り返すわけにもいかないので、軽く会釈して返す。

変わらない人だ。いつでもどこでも彼女は彼女だ。マイペースといってもいいかもしれない。

「むー……」

「どうした？」

「さすがは聖女。妾も見惚《みと》れてしまったぞ！　認めようではないか！　妾の次の次くらいに美しい!!」

「お前はどこまでも上から目線だな……で？　お前の次に美しいのは誰だ？」

「それは帝国一の美女だ」

フィーネの名前が出たということは、俺の知らん間に顔合わせはしたということか。まぁこの前とは違い、今のオリヒメは正式な要人だからな。フィーネが挨拶に行ったのかもしれない。

しかし、フィーネですら自分の次なのだから、オリヒメも大概だな。どいつもこいつも自分を持っているのはいいことだが、マイペースすぎると合わせるほうがしんどい。

「ちなみにエルナはどこらへんになる？」

「欄外だな」

「それも本人の前では言わんでくれよ……」

そう言って俺はため息を吐く。

要人が来たということは面倒事も増えるということだ。

どうか面倒事が少なくなりますように。

そう願いながら俺はバルコニーを離れるのだった。

2

「近衛《このえ》騎士団第三騎士隊。アルノルト殿下とオリヒメ猊下《げいか》の護衛に入ります」

「うむ、ご苦労！」

各国の代表には護衛として近衛騎士隊がつくことになっている。オリヒメの護衛につくのは、正式に近衛騎士隊長に復帰したエルナだ。

まぁそれはいいんだが。

「ここだけ戦力過多じゃないか？」

「大陸最強の矛と盾ですからな。アルノルト様が貧弱であることを差し引いてもやりすぎですな」

「貧弱って言うな。父上の指示か？」

「ええ。久しぶりの任務は顔見知りのほうがやりやすいだろうって」

「俺がやりにくいんだが」

「それは知らないわよ」

冷たくあしらわれた俺は深くため息を吐く。

顔見知りなら別にレオでも……駄目か。それはそれで四宝聖具の使い手が二人になる。

結局似たようなものなら俺に押し付けておけという精神を感じるのは気のせいじゃないだろう。

まったく、困った父上だ。

「エルナ隊長。そなたは今、妾の護衛だな？」

「殿下と猊下の護衛です」

「つまり妾の護衛だな！」

「……そうですね」

オリヒメがソファーに座った状態でドヤ顔を浮かべる。

それを見てエルナが嫌そうな顔を浮かべた。

なんか嫌な予感がして俺は横にいるオリヒメから距離を取る。

「ではエルナ隊長！　肩が凝った！」

「そうですか」

「そうですか、ではない！　今は妾の護衛なのだ！　肩を揉《も》んでもらおうか！」

ふふん！　とオリヒメが勝ち誇り、エルナが青筋を立てて頬《ほお》を引きつらせる。

ここでエルナが肩もみは職務外なのでとか上手《うま》く返せればいいんだろうが、そういう風な言い方はエルナはしない。できないではなく、しないのだ。

なんとなく負けた気がするというよくわからん感覚を持っているからだ。

おかげで事態がややこしい方向にいってしまう。

「わかりました。では肩を揉ませていただきます」

殺意すら感じられる笑顔を浮かべながらエルナがゆっくりとオリヒメの後ろに回る。

一方、オリヒメはエルナに言うことを聞かせられることにご満悦のようだ。

だから後ろでエルナの笑みが深まったことに気づかなかった。

「力加減はこのくらいでよ・ろ・し・いですか？」

「うわぁぁぁ⁉⁉　肩が潰《つぶ》れる⁉⁉」

砕けろとばかりにエルナはオリヒメの肩を摑《つか》む。

もはや揉むという行為ではない。

それに対してオリヒメは暴れるが、エルナはさらに力を込めた。

「痛い！　痛い！　痛いと言っておるだろうがー⁉⁉」

「痛いくらいがちょうどいいんですよ？　知りませんか？」

「肩がなくなるわ！　さては妾の胸に嫉妬か⁉　そなたの胸では肩など凝るわけ、わああああ⁉⁉」

「ずいぶんと凝ってらっしゃるようで！　もっと力を入れたほうがよいみたいですね‼」

オリヒメの不用意な言葉がエルナの神経を逆なでして、エルナは鬼のような形相でオリヒメの両肩を潰そうとする。

さすがにこれ以上は危険なため、俺はエルナを制止する。

「エルナ」

「ふん！」

俺の声を聞き、エルナはオリヒメの肩を放したあと、鼻を鳴らしてそっぽを向く。

ようやくエルナの万力から解放されたオリヒメは半泣きで俺の腰に縋《すが》りついてきた。

「う――……痛いぃ……痛いぞぉ……アルノルトぉ……」

「はいはい。エルナに悪ふざけを仕掛けるからだぞ」

呆《あき》れつつ、俺はオリヒメの頭を撫《な》でてあやす。

しばらく痛い痛いとつぶやいていたオリヒメだが、痛みが引いたのか半泣きでエルナを指さして叫ぶ。

「護衛対象を傷つけるとは何事だ！」

「肩を揉んだだけですが？」

「潰そうとしたではないか！」

「ではやり直しましょうか？」

「ひぃぃぃ!!」

エルナが見せつけるように右手で潰す動作をすると、オリヒメは痛みを思い出したのか悲鳴をあげて俺の後ろに隠れた。

「アルノルト！　エルナがいじめるぞ！」

「はぁ……やりすぎだ。エルナ」

「なによ!?　そっちの味方する気!?」

「ふふん！　アルノルトはいつでも妾の味方だぞ！　なにせ接待役だからな！」

「関係ないわよ！　アル！　そこの狐《きつね》を甘やかすのをやめなさい！　ろくなことにならないわよ！」

「すでにろくなことになってないけどな」

言ってる傍《そば》からオリヒメが舌を出してエルナを挑発する。

その安い挑発に乗って、エルナがオリヒメを捕まえようとするが、オリヒメは器用に俺を盾にして逃げる。

「待ちなさい！」

「待たぬ！」

「このっ！」

「おわっ⁉　アルノルト！　この女、今殴ろうとしてきたぞ⁉」

「頭を撫でようとしただけよ！」

「嘘《うそ》をつくでない⁉　握り拳だったぞ⁉」

俺を中心にして鬼ごっこが始まる。

オリヒメを捕まえようとするエルナと、俺を盾にしてエルナから逃げるオリヒメ。

ぐるぐると回りながら二人は追いかけっこをするわけだが、かたや勇者でかたや仙姫だ。

逃げるオリヒメは結界を張り、エルナが瞬時にそれを破壊する。

地味に高度な攻防を繰り広げ、俺の周りではガラスを割ったような音が響き続けている。

「主人を置いて逃げるとか執事としてどうなんだ？」

「女性の争いには首を突っ込まない主義でして」

「初耳だな」

「初めて言いましたので」

ちゃっかり距離を取って避難しているセバスに小言を言ってみたが、上手く返されてしまう。

そのままセバスは持っていた紅茶を素知らぬ顔で飲む。

この執事め。本気で首を突っ込む気がないみたいだな。

外からの援護は期待できないし、やめろと言ってもどうせどっちの味方をするのかっていう新たな争いに巻き込まれるだけだ。

ならば大人しくこの無駄に高度な鬼ごっこが終わるのを待つか。

なんて諦めていると部屋にフィーネが入ってきた。

「失礼します。アル様」

「ようこそ、騒がしい部屋へ」

「ふふ、賑《にぎ》やかですね」

にこやかに笑うとフィーネは慣れた様子で紅茶を淹《い》れ始める。

フィーネにかかればこの状況も賑やからしい。

「オリヒメ様。紅茶を飲まれますか？」

「うむ！　いただくぞ！　フィーネの紅茶は美味《おい》しいからな！」

「では座って待っていてくださいね。エルナ様もどうです？」

「私は……」

追いかけていたオリヒメがフィーネに言われて行儀よくソファーに座ったのを見て、エルナは伸ばした手をどうしていいかわからずに彷徨《さまよ》わせる。

そんなエルナに向かってフィーネは笑いかけた。

「お菓子も用意してますし、みんなで食べませんか？」

「……わかったわ。いただくわ」

「はい。では座っていてください」

そう言ってフィーネは大陸最強の矛と盾を大人しくさせてしまった。

なんて手際だ。猛獣みたいな二人を大人しくさせるなんて。

さすがフィーネというべきか。

「どうぞ、アル様」

「ありがとう。助かった、本当に」

「いえ、お話もありましたから。レオ様は聖女様の接待役に苦労しているようです。あちらには聖女様の護衛もいらっしゃるので」

なかなか個人的な話はしづらいよな。しかし、しょうがない。向こうは要人だ。

「普通はそうだろ。どこぞの誰かさんのように付き人を放置してくるような奴《やつ》じゃない限り、護衛や世話係がいる」

そう言って俺はオリヒメを見つめる。

しかしオリヒメは聞こえないといったような様子で、フィーネのお菓子を嬉《うれ》しそうに食べている。

「付き人を置いてきたの？」

「ギルド本部に置いてきたんだとさ。そこから帝国までの護衛は第二騎士隊が担っていたから平気といえば平気だろうけど……普通ではないわな」

「常識ないわね」

「うるさいぞ、二人とも。お菓子が不味《まず》くなるではないか。まぁ不味くなっても美味しいのだが。だいたい、妾《わらわ》は置いてきたのではない。待機を命じたのだ」

「それを置いてきたと言うんだ」

「帝国に気を遣ったのだ。ついてきたのは小うるさい老人ばかり。あれらを連れてきていたら、あれは駄目、これは駄目と言うに決まっている。帝都に着くのが何日も遅れていたはずだ」

今は自由に過ごしているオリヒメだが、仙国では象徴的な立場。巫女《みこ》みたいなもんだ。

厄介なしきたりがいくつもある。

それを煩わしいと感じたのだろうな。

「そもそもお目付け役がいては遊べんではないか」

「それが本音か」

「うむ！」

そう言ってオリヒメはどんどんお菓子を食べていく。

一人で食べる気かっていう勢いだ。

そんな風にオリヒメがガツガツとお菓子を食べていると、また客が来た。

「アル兄！　ジーク、つれてきたよー！」

「チュピー！」

「おお！　エンタ！　遊んでもらえたか？」

「チュピー！」

部屋に来たのはクリスタとリタだった。

クリスタはぐったりとしているジークを抱えており、リタはエンタを抱えている。

どうやらいつの間にかエンタもクリスタたちの仲間に加わったらしい。違和感なく、それを許容できるオリヒメは本当に変わっている。リタは自然と部屋に入ってきたが、普通なら不敬と言われかねない。不遜だが、度量はある。だから嫌われないんだろうな。

まぁそれはそうとして。

「どうしてジークは焦げてるんだ？」

「ジーク、聖女様の部屋に近づいて迎撃結界に引っかかったって……リンフィアが言ってた」

「捨ててきていいぞ」

「ち、ちくしょう……結界なんて卑怯《ひきょう》だぞ……」

ぐったりとした様子でジークがつぶやく。

そんなジークを見てフィーネが困ったように頬に手を当てた。

「どうしましょう。本当にお外に行ってもらったほうがいいでしょうか？」

「外は外で迷惑だから投獄しておいたほうがいいわよ」

「オレの扱いひどすぎないか⁉」

ジークの悲痛な叫びが木霊《こだま》するが、誰も同情しない。

当たり前だ。全部自業自得だしな。

やれやれとため息を吐《っ》きながら、俺は紅茶を飲むのだった。

3

「アルノルト皇子」

城の廊下で俺はそう声をかけられた。

後ろを振り向くと護衛を連れたレティシアがそこにはいた。レティシアは護衛を少し離れた場所に待たせ、俺のところまで歩いてくる。

「これは聖女レティシア。お久しぶりです」

「ええ、お久しぶりですね」

そう言ってレティシアは俺の正面に立つ。

身長は百六十くらいか。五年前のときは大して背が変わらなかったから、少し目線の低い彼女を見るのはなんだか変な気分だ。

「背が伸びましたね」

「そりゃあ双子ですからね。レオが伸びたのに俺が小さいままってのはないですよ」

「それもそうですね。ただ性格は相変わらず正反対のようですね」

「性格まで似てたら気持ち悪いでしょ？　レオは真面目なんで、俺はこれくらい適当でいいんですよ。それで何の御用ですか？　レオの対応にご不満でも？」

「いえ、レオナルト皇子は良くしてくださっています。ただあなたにも直接挨拶をと思っただけです」

　そう言ってレティシアは笑みを浮かべる。

　邪気のない笑みだ。そういうところは昔から変わらない。

　まぁ変わらないのはそういう部分だけじゃなさそうだけど。

「そうですか。堅苦しすぎて鬱陶しいんじゃないかと思ってましたが、無用な心配でしたね」

「鬱陶しいだなんて……そんな風になんて思っていませんよ」

「では堅苦しいとは思ってるんですね？」

「そ、そういうわけでは……ただ」

「ただ？」

「もう少し親しく接してくれてもいいのではと思っているだけです。決して！　文句とか不満とかではなくてですね！　あえて改善点をあげるならばということで！」

　必死に不満ではないと弁明するレティシアを見て、俺は苦笑する。

　相変わらず不器用な人だ。悪意ある行動には毅然《きぜん》と対応できるが、善意にはとことん弱いせいか、困っていても言い出せないのはレティシアの弱点といえる。

　五年前、母上のところで話をしていたのもそういう内容だった。

　侍女たちが当たり前のように浴室に入ってくると、困ったように話していた。レティシアの生まれはそこまで高位じゃない。

聖杖《せいじょう》に認められて今の立場にいるが、元々は違う。浴室に自分以外の誰かが入ってくるというのは慣れてないことだった。

だから元々平民の母上のところに相談しにいったのだ。一言必要ないと言えばいいのだが、侍女たちが善意でやっているため断れなかった。結局は母上がそれについて一言侍女たちに告げて解決したそうだが。

今もその弱点は変わってないようだ。

「な、なんですか⁉　その笑いは！　人が困っているのに笑うというのは悪意があると思いますよ！」

「困っているんですか？」

「こ、言葉のあやです！　困ってはいません！　ただ少々他人行儀すぎるのではと思っているだけです！」

「ではご自分でそうレオに言ってください」

「そ、それは……」

困った様子でレティシアはごにょごにょとつぶやく。わざわざ俺のところに来たのは挨拶はもちろんだが、レオの生真面目すぎる対応をなんとかしてほしいからだろう。

そもそも俺とレオのどちらかを指名したのはそういう対応をしてほしくないからだ。

考えればわかりそうなもんだが、レオは真面目だから精一杯丁寧に接待している。

それがやりにくいんだろう。かといって一生懸命なレオに何か言うわけにもいかない。

そんなところだろう。

だから俺はクスクスと笑いながら了承する。

「わかりましたよ。俺のほうからレオに伝えておきます。もっと肩の力を抜けと。聖女様は堅苦しい対応が嫌だからお前を指名したんだって」

「ありがとうございます！　やはりアルノルト皇子は良い方ですね……はっ⁉　それがわかっていたのにとぼけていたのですか⁉」

「素直に困っているって言わないのでちょっとからかっただけです」

「からかうだなんて⁉　その行動には悪意を感じますよ！　アルノルト皇子！　お忘れかもしれませんが、私のほうが年上なんですからね！」

「そうでしたか？　年上らしいところを見たことがないので」

「なっ⁉　今のは聞き捨てなりません！」

昔からレティシアは年上アピールが激しい。背が少しだけ高かった頃はそこらへんで自分が年上だと言い張っていたが、今はそれもできない。

どうやって年上アピールをするのか興味がわいたので俺は再度レティシアをからかう。

「どこからどう見ても年上です！　私は落ち着いた女性ですから！　年上の余裕です！」

「落ち着いてますか？」

「落ち着いています！」

どこが？　といった風に聞き返したが頑《かたく》なに返されてしまった。

自分で落ち着いていると思っている以上、たぶん何を言っても無駄だな。そういう人だし。

ただ落ち着いてる人は鷲獅子《グリフォン》には乗らん。

「まぁそういうことにしておきましょう」

「なんでしょうか……その言い方には何か含みがあるような……」

「含みなんてありませんよ」

笑いをこらえながら俺は返す。明らかに怪しんでいる視線が飛んでくるが、それを受け流す。

そろそろからかうのはやめておいたほうがいいだろうしな。

機嫌を損ねたら大変だ。

「ではレオへの対応は任せてください。上手《うま》く言っておきます」

「お願いします。私も……最後くらいは楽しみたいですから」

「最後くらい？」

「こちらの話です。ご安心を。ご迷惑はおかけしません」

そう言うとレティシアは笑顔を浮かべて背を向ける。

その背はどこか寂しそうに見えた。何か声をかけるべきか迷い、俺はやめにした。

何も情報がないときに動くのはトラブルの元だ。

「セバス」

「はっ、ここに」

姿は見えないがいるだろうなと思いつつ、俺は執事の名を呼ぶ。

　すると音もなくセバスが姿を現した。

「彼女は何か問題を抱えているようだ」

「そのようですな」

「探れ。なんでもいいから情報がないと動けん」

「他国の事情に深入りするのはやめたほうがよいかと思いますが」

「それを判断するにも情報が必要だ。彼女は最後という言葉を使った。彼女らしくない。きっと何かある」

「それだけですか？　帝国に来るのが最後という意味では？　結婚でもすれば今のように動けないでしょうし、そういう意味では？」

「それならそれでいい。彼女が王国の事情で誰と結婚しようとこちらには関係ない。だが、違う問題なら厄介だ」

「つまり……聖女様が命の危機にあるかもしれないと？」

「そういうことだ。帝国内で聖女が命を落としてみろ？　大問題だ。しかも接待役はレオだ」

「考えすぎな気もしますが……」

　セバスがそうつぶやく。そうだ。考えすぎの可能性のほうが高い。

　最後なんて誰でも使う。ただその言葉を聞いたとき。

「嫌な予感がした。残念なことに俺の嫌な予感はわりと当たる」

「そういうことでしたら調べてみましょう。しかし、そちらに動くと悪魔についての調査ができなくなりますが？」

「問題ない。俺の勘が告げている。こっちのほうが急務だ」

レティシアの傍《そば》には鷲獅子騎士と共に近衛《このえ》騎士もいる。レティシアの身の安全は保障されているといえるんだが。それでも嫌な予感は見逃せない。

「もしも命を狙われていて、命の危機を感じているなら必ず情報が転がっている。それだけ彼女は大物だ」

「かしこまりました。お任せください」

そう言ってセバスがその場から姿を消す。

「まったく、休ませてもらえないもんだな」

そう一人愚痴りながら俺はその場を後にするのだった。

4

父上の即位二十五周年式典。

これは帝国が国を挙げて行う行事だ。各都市もその日は皇帝のために祭を開くが、帝都はその比じゃない。

式典の三日前から祭がスタートし、式典が終わったあとも祭がある。

そんな祭りを控えて、帝都の熱は徐々に高まっていた。

もちろん正式に式典が始まったわけじゃない。それでも帝都の盛り上がりは一目でわかるほどだった。

そんな帝都をさらに盛り上げるためとある催しが行われようとしていた。

すでに帝都へ到着している二人の要人の顔見世《かおみせ》だ。

「見ろ！　聖女様だ！」

「横にいるのは仙姫様か⁉」

「聖女様万歳！　帝国万歳！」

「仙姫様ー‼」

城のバルコニーに顔を出したのはレティシアとオリヒメだ。

聖女レティシア、仙姫オリヒメの名は大陸中に轟《とどろ》いている。

特にレティシアはその戦歴も相まって、帝国内ですら人気が高い。

聖女レティシアが活躍したのは連合王国との戦争だからだ。

十一年前、王国は帝国と戦争状態になり、アルバトロ公国の支援もあって何とか防衛線を維持した。しかしそのせいで国力が衰え、イーグレット連合王国を中心とする諸外国に侵攻を受けた。

各地で劣勢に陥る中で現れたのが聖女レティシアだ。

圧倒的有利な状況でありながら連合王国は敗北を繰り返し、大陸での領土を得るには至らなかった。

あそこでレティシアが現れなかったら今頃、大陸三強の顔ぶれは変わっていただろう。

歴史を変えた聖女。それがレティシアなのだ。

そんな要人たちが出てきているわけだから接待役の皇子たちも出てきている。

中心にオリヒメとレティシアがいるため、俺とレオはその少し後ろに控えているのだが。

「レティシア様。お疲れではありませんか？　長旅の後ですし、お疲れなら中に戻っても!?」

笑顔で手を振るレティシアに余計なことを言うレオの足を俺は無言で踏みつける。

レオが何するのさ!?　といった表情でこちらを見てくるが、それはこっちのセリフだ。

「人の話を聞いてたか？」

「でも気を遣わないと！」

「それが駄目だって言ってるんだ。俺たちは接待役。居心地がいい空間を提供するのが仕事だ。彼女がお前を指名したのは堅苦しい対応を求めてじゃない。そう言ったはずだぞ？」

「それは聞いてたけど……」

「聞いてたなら実践しろ。なに中に戻ろうとか言ってるんだ。どう見ても民の姿を見て楽しんでるだろうが」

「でも疲れてるかもしれないし……」

「それなら本人が言う。子供じゃないんだ。お前は古い友人として彼女に接すればいいんだ」

「友人って言ったって……五年前に数日会っただけだし……それに彼女は聖女だよ？」

崇拝とまではいかないだろうが、それに近い感情があるんだろう。

近づいてはいけない不可侵の存在。そんな風に思っているのかもしれない。

「関係ない。立場で人を判断するのか？」

「でも……」

「まったく、お前はどうしてこういうときに駄目になるんだか」

呆《あき》れつつ、俺は視線をオリヒメに移す。

オリヒメは民からの歓声が嬉《うれ》しいのか両手で手を振って、かなり体を前に乗り出している。

「オリヒメ。危ないぞ」

「むむ？　そうか？　落ちても妾《わらわ》ならば結界で平気だぞ？」

「見てて危なっかしい」

「むー、それならば仕方ないな」

そう言ってオリヒメは少しだけ下がった。

その様子を見ていたレオに向かって、俺は告げる。

「これだ。やれ」

「無理だよ!?　レティシア様はオリヒメ様とは違うから！」

「オリヒメだって仙姫だぞ」

「性格が違うよ！」

「ごちゃごちゃと面倒な奴《やつ》だな。いいからとりあえず呼び捨てから始めろ」

「聖女様を呼び捨てなんてできないよ!?」

あくまで一線を引こうとするレオは首を横に振る。

レオらしいといえばレオらしい。こういうときは無理やり距離を詰めさせるのは悪手なんだが、レティシア自身が望んでいるし仕方ない。

「フィーネと接する感じでいいからやってみろ」

「フィーネさんとは勝手が違うよ……。貴族の令嬢なら慣れてるけど、レティシア様は勝手が違うんだよ……」

「あれだな。普段から女が寄ってくるから悪いんだな。だからこういうときに困るんだぞ」

「関係ないし、女性から寄ってきたりもしないよ」

「自覚なしか。罪深いな」

そう言いつつ、俺は埒《らち》が明かないので強硬手段に出ることにした。

悪く思うなよ。弟よ。

「聖女レティシア」

「はい？」

「あそこにある大きな屋敷が見えますか？」

「あー、はい。見えます」

「実はあそこには悪魔が住んでまして。帝都にいる間に浄化してもらえませんかね。主に性格を」

「そうだそうだ。あそこに住んでいるのは悪魔だぞ！　妾は何度も泣かされた！」

俺の話にオリヒメが乗っかってくる。

そしてほどほどという言葉を知らないオリヒメは禁句を告げてしまった。

「聖女ならば浄化できるはずだ。あの貧乳悪魔の悪いところをすべて浄化するがよい！」

それは言い過ぎだ。そう思ったとき、後ろからカチャリという物騒な音が聞こえてきた。

俺たちよりもさらに後ろで護衛をしていたエルナがこちらにガンを飛ばしていた。

女の子がしちゃいけない系の表情を浮かべたエルナを見て、オリヒメが尻尾と耳を震わせながら俺を盾にしてエルナの視線を遮る。

「動くな、アルノルト！　妾が視界に入ってしまう！」

「馬鹿！　盾にするな！　怒らせたのはお前だろ！」

「話題を振ったのはアルノルトではないか!?」

そう言いながら俺たちはゆっくりとレティシアの傍を離れていく。

エルナの怖すぎる視線から逃れるためだが、もう一つはレオに頑張ってもらうためだ。

軽くレオにウインクすると、なんてことを!?　と言わんばかりの表情を浮かべる。こうも情けないレオというのも珍しい。

しょうがない。少しだけ手を貸してやるか。

「聖女レティシア。あー、聖女ってつけるの面倒なんで呼び捨てでも？」

「ふふ、どうぞ。ご自由に」

「ではレティシア。帝都について聞きたいことがあればレオに聞いてください。これでも帝都守備隊の名誉将軍ですから。帝都については誰よりも知ってるはずですよ」

「本当ですか？　ではレオナルト皇子。あの建物はなんでしょうか？」

「え、あ、あれはですね……」

　そう言ってレティシアとレオの会話が始まった。

　あとはレオの頑張り次第だろう。昔はもう少し親しみのある対応ができていた気がする。たぶんレオの中でレティシアという存在が大きすぎるんだろうな。

　けど、その壁は少し壊れた。俺ができるのはここまで。

　まぁレオならなんとかするだろう。問題は俺のほうだ。

「アル～？　何か言うことがあるんじゃないかしら～？」

「アルノルト!?　あの女、笑っているぞ！　恐ろしい！　やはり悪魔か!?」

「これ以上煽《あお》るな!?　待て！　エルナ！　話を聞け！」

「話なら中で聞くわ。第三騎士隊。猊下《げいか》と殿下は体調が優れないから中に戻るわよ」

「なにぃ!?　妾はもっと民に賞賛されたいぞ！」

「もう十分ですよー。聖女様がいれば民は喜びますから。猊下と殿下は中に戻りましょうね。それで誰が悪魔なのか聞かせてもらいましょうか」

　冷ややかなエルナの声を聞き、俺とオリヒメは同時に体を震わせるのだった。

　その後、俺とオリヒメは正座で説教を受ける羽目になった。

その最中、気になってレオとレティシアの様子を探ったが、まだまだ距離が縮まったとはいえそうになかった。

ただ少しだけ笑い声が増えたのは成長といえるだろう。

「アル！　聞いているの!?」

「聞いてる、聞いてるよ……なぁエルナ。そろそろ足がしびれてきたんだが」

「そんなの関係ないわ！　そのまま勇爵家の歴史について聞いてなさい！　そうすれば私を悪魔扱いするのがどれほど愚かなことなのかわかるはずよ！」

「アルノルトが言い始めたのにぃ……」

「おい、人のせいにするな」

「本当のことではないか！」

そんな責任のなすりつけ合いをしながら俺たちはしばらくの間、正座を続けることになったのだった。

5

次の日。

目を覚まし、いつもどおり部屋で机に向かって資料を見ているとフィーネがやってきた。

オリヒメがやってくると思っていたため、俺は少々意表をつかれた。

「フィーネ？」

「おはようございます。アル様」

「ああ、おはよう。何か用か？」

「はい。軽いお食事をお持ちしました」

「ありがとう。けど珍しいな？」

　フィーネは俺の言葉に苦笑する。

　そしてそっと時計を指さした。

　見ると針は十時を示していた。いつも起きる時間よりだいぶ遅い。

　自分がそこまで寝た感覚がなかったため、時間を見ていなかったが、けっこうな寝坊をしていたらしい。

「いつもの時間に起こしにきたのですが、すごく熟睡しているようでしたので、そのままに。お疲れだったのでは？」

「なるほど……まぁ最近はいろいろあったからな」

「そういうことですので、オリヒメ様にはクリスタ殿下のところに行ってもらっています。クリスタ殿下もオリヒメ様には興味がおありのようでしたので」

「そうか……すまないな。迷惑をかけた」

「いいえ、お手伝いできることはこのぐらいですから。ちなみにオリヒメ様のことはエルナ様が見てくださっていますし、ジークさんもいますし、護衛面では問題ないかと。オリヒメ様が飽きないかという点ですが、面倒見はよい方ですし、すぐにクリスタ殿下とも仲良くなるかと思います」

テキパキと状況を説明するフィーネを見て、俺はしばし感心してしまった。

こちらに来たばかりの頃は本当に世間知らずで天然な少女だったが、今はいろいろなことを学び、多くのことに対応できるようになっている。

天然なところも最近では見られなく。

「あう!?　痛いです……」

……。

それは気のせいだな。

紅茶を淹《い》れに向かおうとして、机に足をぶつけて痛がるフィーネを見て俺は天然な部分はそのままだと認識を改める。

なぜあそこで足をぶつけるのか。ちょっと謎だ。

涙目で紅茶を淹れている姿はやや頼りなく、心配になる。

まぁそういう少し抜けているところがフィーネらしいといえばフィーネらしいか。

「紅茶です……」

「なんであそこに足をぶつけるんだ？」

「あうう……申し訳ありません……」

呆れたように言うと恥ずかしそうにフィーネが顔を隠す。

そんなフィーネを見つつ、俺は机の上にある資料を手に取った。

すると、フィーネがそれに反応した。

「あっ⁉　駄目です！」

俺から資料を取ろうとして、フィーネが全力で手を伸ばしてくる。

それをヒョイと避《よ》けると、フィーネは前に体重をかけすぎたためバランスを崩す。

「はわわっ⁉」

「まったく……」

バランスを崩したフィーネの肩を空いている手で押さえ、倒れないように支える。

そしてフィーネがバランスを取り戻したのを見て、俺は資料を指さす。

「さて、説明してもらおうか？」

「あわわ……アル様が尋問モードになっています……」

俺の目が少し細められたのを見て、フィーネが戦慄する。

そしてしばらく視線をそらしたあと、耐えきれずに白状した。

「アル様が疲れているという話をエルナ様としまして……今日はできるだけ仕事を控えていただこうということになりまして……」

「エルナめ。仕事しろと言ったり、仕事するなと言ったり面倒な奴だ」

そう言いつつ、俺は手に持っていた資料を机に戻した。

机にあるのは南部の復興状況を示す各種資料だ。本来ならレオが読む資料だが、レオは多忙のため俺が代わりに読んで、まとめたのをレオに渡そうと思っていた。大事なことだ。疎《おろそ》かにしていいことではない。とはいえ、まとめたところで今のレオに余裕はない。多少、遅れたとしても問題はないだろう。

南部の民には悪いが、今日は休ませてもらうとしよう。

周りを心配させていては仕方ないからな。

「これでいいか？」

「はい！」

嬉《うれ》しそうに笑顔を浮かべるフィーネに苦笑しつつ、俺は席を立つ。

仕事をしないなら机に向かっていても仕方ない。

ソファーに移動するとだらしなく背中を預けて座る。

「しかし、仕事をするなと言われると暇だな。接待役をほっぽりだして外に行ったりしたら父上の雷が落ちるだろうし」

「任せてください！　そんなこともあろうかと！」

フィーネはそう言って俺の前に大量のゲームを広げた。

大体はボードゲームだ。最近はやらなくなったが、昔はよくレオとやったもんだ。

「へー、懐かしいな」

「これで遊びましょう！　これでも私はこういうゲームは得意でして」

「ほう？　奇遇だな。俺も得意なんだ」

「ではやってみましょう！　負けませんよ！」

そう言ってフィーネが俺に挑んできた。良い度胸だ。

「じゃあ何か賭けるか？」

「賭けですか？　いいでしょう！　なにを賭けますか？」

「一日雑用権だな」

「はい？」

「レオとはよくそれを賭けてやってた。負けたら雑用を押し付けられる」

「わかりました。それで構いません！　言っておきますが、私は家族の誰にも負けたことはありませんよ？」

「そうか。それも奇遇だな。俺もほとんど負けたことないぞ」

「はい？」

不穏なセリフにフィーネが怪訝《けげん》な表情を浮かべるが、気にせず俺はセッティングを始めるのだった。

■■■

「あわわ!?　私の女王様が!?　に、逃げてもらわないと！」

「逃げてもいいが、王様ががら空きだぞ？」

「えっ⁉　いつの間に⁉　ま、待ってください！」

「これで何度目だ？　まぁ別に構わないが」

完全にゲーム終了の一手だったが、そこから一つ前の状況に盤面を戻す。

とはいえ、女王と王の二択だ。戻ったところでやれることは限られている。必死に考えるフィーネだが、ここから挽回《ばんかい》は不可能だ。どちらを選んでも結局は追い詰められる。

それがわかったのかフィーネが肩を落として負けを認めた。

「負けました……うう……手も足も出ません……」

「これで俺の三連勝だな」

一度負けたあとフィーネはゲームを変えて挑んできた。

しかし残念ながら俺はボードゲーム全般が得意だ。

「さて、これで三日間雑用だぞ？」

「うう……傷を広げてしまいました……」

初戦の負けを取り返そうとして挑んだのが失敗だったな。まぁ雑用といったってフィーネは割と身の回りの世話をしてくれているから、今と大差はないんだが。

そんなことを思っていると部屋の扉が開いた。

「アルノルト！　起きているかー！」

「おかげさまでな」

「おお！　起きていたか！　そろそろだと思ったぞ！」

「良い読みだな。クリスタとは仲良くなれたか？」

「ふふん、そうであろう？　クリスタともたくさんお喋《しゃべ》りしたぞ！」

「それは良かった」

そんな話をしていると、オリヒメの後からクリスタとリタ、そしてエルナがやってきた。

ジークの姿が見えないが、たぶんズタボロでどこかに放置されているんだろうな。

まぁジークならいいだろう。

「アル兄様。おはよう……」

「おはよう、クリスタ」

「アル兄、あそぼー！」

「こら、リタ！　あなたは今、護衛なのよ？」

エルナに怒られて、リタがハッとした様子でこちらに駆け寄ろうとするのを抑える。

騎士見習いであるリタだが、一応、クリスタの護衛ということになっている。まぁクリスタの遊び相手という意味合いのほうが強いわけだが。

「さすがに厳しいな。近衛《このえ》騎士隊長殿は」

「自分だって妾《わらわ》と遊んでいたではないか」

「遊んでないわよ！」

オリヒメはチクリとエルナを言葉で刺し、エルナがそれに反論する。

そんなことをしつつ、オリヒメはしれっとフィーネがいた俺の対面席に座っていた。

「盤上遊戯は妾の得意とするところ！　これは挑戦状と受け取った！」

「あ、オリヒメ様……アル様は」

「言うでない！　敵の手を知るのは卑怯《ひきょう》だからな！」

わっはっはとオリヒメが高笑いを始める。

それをエルナとクリスタが微妙な表情で眺めている。

「オリヒメ様……アル兄様、手加減しないよ……？」

「手加減など無用！」

「やめときなさい。その手のゲームをアルとやるのは不毛よ」

「むむっ！　よほど猛者と見える！　それでこそ我が接待役！　かかってくるがよい！」

「まぁ本人が望んだことだしな。なんか賭けるか？」

「ふむ……今日の夕飯でどうだ？」

「そうか。ならお前は夕飯抜きだな」

そう言って俺は肩をゆっくりと回す。それを見て、エルナが呆《あき》れた様子でため息を吐《つ》いた。

「はぁ……言っておくけど、アルはどうでもいいことほど本気になるわよ？」

そんなエルナの言葉を聞きながら俺は容赦なくゲームを開始した。

そしてそれからしばらく経《た》ち、部屋にはオリヒメの泣き声が響いていた。

「うわーん!!　なぜだー!?!?　おかしい！　おかしいぞ!!　ズルをしたのではないか!?　今のはなしだー!!　もう一回!!」

「もう三回目だぞ？　三種類のゲームで負けてるんだ。認めろ。夕飯抜きだ」

「そんな馬鹿な話があるか⁉　ズルをしたに決まっている！　サイコロを振るゲームでなぜそなただけ良い数字が出るのだ⁉　うわーん‼　認めぬ！　妾は認めぬぞー‼」

「少しは接待しなさいよ……」

「勝負は勝負だからな」

　ニヤリと笑いながら俺は次のゲームを選ぶ。何が来ようと負ける気がしない。

　今日だけといわず、明日も明後日《あさって》も夕飯抜きの刑にしてやろう。

「次のゲームに勝ったら全部チャラにしてやるぞ。それでいいな？」

「本当か⁉　うむ！　その挑戦受けた！」

「ただし負けたら明日も明後日も夕飯は抜きだ」

「始まったわ……アルの搾取が」

「昔からこうなんですか……？」

「そうよ……レオと私は何度被害に遭ったことか……」

　エルナが過去を思い出して嫌そうな顔を見せる。

　エルナにとって嫌な記憶ということは、俺にとっては良い記憶ということだ。

「アル兄様……クリスタにも手加減してくれない……」

　クリスタが俺の横で不満そうに唇を尖《とが》らせる。

　そんなクリスタの頭をポンポンと叩《たた》きつつ、俺は闘志を燃やすオリヒメを迎え撃つ。

「お前の夕飯は貰《もら》った!!」

その後、すぐにオリヒメの悲鳴が部屋に響き渡ったのだった。

6

「家出だ！　妾は家出をするぞ！」

俺に負け続けたあげく、そう宣言してオリヒメが部屋を出て行った。

呆れた様子でエルナがそのあとを追い、クリスタとリタもそのあとについていく。

そして部屋には俺とフィーネだけが残った。

嵐が過ぎ去ったといった感じで俺はソファーにもたれ掛かる。だが、そんな俺に声をかける者がいた。

その声を聞いた瞬間、俺は軽く指を鳴らす。

「アルノルト様」

「セバスか。どうだ？　頼んだ調査は？」

「芳《かんば》しくありませんな。帝都内での怪しい動きを追っていますが、引っかかるのは大したことのない情報ばかり。重要な情報を探るにはもう少しかかりそうです」

「急げ。帝都にいる間に何かする気ならそろそろ動きがあってもおかしくはない」

「かしこまりました。早急に調べます」

そう言ってセバスはまた姿を消す。

そんな会話がなされたにもかかわらず、フィーネは変わらずに紅茶を淹《い》れている。もう慣れたものといった感じか。

「どうぞ、紅茶です」

「悪いな、ありがとう」

「また問題ですか？」

「ああ、今回はちょっと面倒だ」

「ではいつもどおりですね」

そう言ってフィーネは苦笑したあと、チラリとドアを見て、そのあとに静かに頷《うなず》く。

俺はセバスとの会話を部屋の護衛についている近衛騎士に聞かれないために、指を鳴らすことで防音結界を張った。

それを理解していたフィーネはもう解いてもいいという意味で頷いたのだ。

本格的に慣れてきたなと思いつつ、俺は結界を解除する。

フィーネは表情も変えず、オリヒメの話題を振ってきた。

「オリヒメ様はどちらに行ったんでしょうか？　家出と言ってましたが……」

「さぁ？　まぁあいつが駆け込める場所なんて限られているけど。どうせレオか母上のところだ」

「家出というには近いですね……」

そもそも城から勝手に出ることはできない。

そうなると顔見知りのところしか行くところはない。さすがのオリヒメでも父上のところには行かないだろう。

そしてオリヒメの性格的に負けて終わりというのは考えにくい。おそらく夕飯奪取のために援軍を探しにいったはずだ。そうなると母上の線は消える。あの人は丁寧に受け流すだけだしな。つまり。

「しょうがない。レオのところに行くか。どうせそこでレティシアかレオに泣きついているはずだしな」

「お二人のお邪魔になっていたら大変ですしね」

「お邪魔か……」

そのくらいの関係になっていてくれると嬉《うれ》しいんだが、レオの性格を考えると難しいな。さっさと気軽に何でも話せる仲になって、レティシアからいろいろと聞き出してほしいんだが。

「フィーネ。レオは女性から見るとどうなんだ？　男として」

「男性としてですか？　レオ様に文句をつける女性はほとんどいないと思います。かっこいいですし、優しいですから」

「そうだよなぁ」

なぜそれをフル活用しないのか。そう俺が嘆くとフィーネは苦笑する。

「レティシア様とレオ様の関係が心配ですか？」

「わかるもんか？」

「あんなレオ様は初めて見ましたから。ただ心配は無用だと思います。どちらも距離を詰めたいと感じているように見えますし、キッカケ次第かと」

「キッカケねぇ」

　それが一番難しい。そんなことを思いつつ、俺とフィーネは部屋を出たのだった。

■■■

「嫌がる相手から奪う行為は善い行いとは思えません。悪意を感じます」

　レオの部屋に行った瞬間、レティシアの説教が開始された。

　レティシアの後ろにはオリヒメがおり、レティシアの言葉に何度も頷いている。

「また自分の都合のいいように伝えたな？」

「そのようなことはしていないぞ！」

「どうだか。俺が何か賭けるか？　って聞いて、夕飯と言ったのはお前だろ？　それで負けたからといってレティシアに泣きつくのは情けないんじゃないか？」

「ぐぬぬ！　言わせておけば！　妾はあんな勝負は認めん！　細工があったに決まっている！　聖女の前でもう一度勝負だ！　レティシア！　監視を頼むぞ！」

「わかりました！　不正は許しません！」

そう言ってレティシアと共に意気込むオリヒメは机の上に一つのゲームを置く。

フィーネともやった相手の王を奪ったほうが勝ちのゲームだ。

一番得意なゲームだが、オリヒメは細工がなければ俺に負けないと思っているらしい。

「良い度胸だな。あれだけぼこぼこにされたっていうのに」

「う、うるさい！　正々堂々勝負すれば妾が勝つ！　レオナルト！　そなたも兄の所業を監視するのだぞ！」

「ぼ、僕もですか？」

自分は関係ないという顔をしていたレオだったが、オリヒメによって勝手にオリヒメ陣営に引き込まれた。不正がないようにと意気込むレティシアと、絶対に勝つと意気込むオリヒメ。

その二人を見て、レオは顔を引きつらせる。

「オリヒメ様……大変申し上げにくいんですが、兄さんは不正も上手《うま》いですが普通にやっても上手いんです」

「そのようなわけがなかろう！　サイコロを振って、妾だけが少ない数字ばかり出ていた。あれは完全に仕組まれていた！　間違いない！　そして不正をしている人間は腕が鈍るもの！　聖女の前では不正もできまい！　つまり妾が勝つ！」

「はぁ……」

レオはがっくしと肩を落とした。

かつて似たようなことを言って負けた幼《おさな》馴染《なじみ》を見たことがあるからな。そりゃあ肩も落とすだろうさ。

　そしてその幼馴染は呆れた様子で部屋を出ようとしていた。

「じゃあ私は部屋の外にいるから、終わったら呼んでちょうだい」

「なんだ？　見ていかないのか？」

「結果の見えてる勝負なんて見ても楽しくないわ。それに幼い頃に学んだの。アルがゲームを始めたら近づかないって」

　そう言ってエルナは部屋を出て行った。

　さすがのレティシアもなんだかまずい雰囲気を感じたようだが、今更退《ひ》くわけにもいかずに俺の動きに目を光らせている。

　まぁ不正なんてしていないし、いくら見られてもかまわない。

「さて、じゃあやるか。ちなみにこれだけやって俺が不正せずに勝ったら夕飯じゃ済まないぞ？」

「むむっ！　夕飯だけでは足りないというのか⁉」

「当たり前だ。ここで不正がないとわかったら、俺の部屋でやったゲームも有効だからな。その時点でお前の夕飯は俺のもんだ。新たに賭けるモノがないとやる気が出ない」

「むー……よし！　ではレティシアの夕飯も賭けよう！」

「ええええぇぇぇ⁉⁉　わ、私の夕飯を賭けるのですか⁉」

「大丈夫だ！　妾《わらわ》を信じよ！」

「て、帝国の料理は美味《おい》しいので日々の楽しみなのですが……しかし、いいでしょう！　一度手を差し伸べたなら最後まで見捨てません！　私の今日の夕飯を賭けます！」

「よし。じゃあ二人とも夕飯抜きだ」

そう言って俺は駒を並べ始めた。

そしてすぐにオリヒメの悲鳴が部屋に響いた。

「うわぁぁぁ!!　駄目だ！　駄目だ！　妾の駒をこれ以上取るでない!!」

「じゃあ王様をいただく」

「それも駄目だ！　わー！　どう頑張っても取られてしまう！　ううぅぅ……妾の勢力が残り二駒に……」

すでに大勢は決した。オリヒメの駒は王様ともう一つしかない。ここからの逆転は不可能だ。

オリヒメの横にいるレティシアも顔が青い。まったく不正の気配が見当たらないからだろう。

その後ろではレオが額に手を当ててため息を吐《つ》いている。

「もう諦めろ。お前の負けだ」

「ま、まだ負けてはおらぬ……！」

「往生際の悪い奴《やつ》だなぁ……そうだな。選手交代ってのはどうだ？」

「なぬ？　どういう意味だ？」

「レティシアと交代するなら最初からでいいぞ。レティシアも夕飯抜きは嫌だろ？　自分が負けたわけじゃないのに」

「そ、そうですね！　オリヒメ様！　私が仇《かたき》を取ります！」

「そ、そうか！　では頼むぞ！　レティシア！」

俺の提案にレティシアは神の救いかのように目を輝かせて、オリヒメと場所を交換する。

夕飯を取り戻すチャンスと思ったんだろう。それが命取りだ。

「とはいえ、それだけだと俺が損だしな。どうだ？　一日雑用権でも賭けるか？」

「い、いいでしょう！　そちらにも利益がなければ賭けは成立しませんからね！」

「れ、レティシアさん！　兄さんとそんな約束するのは！」

「大丈夫です！　これでも私は戦場を経験しています！　このゲームは戦場を再現したもの！　私の経験が活《い》きます！」

「いえ、たぶんそれは関係ないかと……」

レオがなんとか止めようとするがレティシアは俺と戦う気満々だ。

一応、さんづけで呼べるようになったんだなと感心しつつ、俺はニヤリと笑う。

その笑みを見て、レオは体を震わせる。

「に、兄さん……て、手加減するよね……？」

「聖女と仙姫にメイド服を着せるってのも悪くないアイディアだ」

「な、なんですか!?　その悪魔的な笑みとアイディアは!?」

ふっふっふ。

俺はやるからには徹底的にという主義だ。ゲームなら特にな。

覚悟しろ！

■■■

「ああ……そんな……」

「これで終わりだ！」

そう言って俺は茫然《ぼうぜん》とするレティシアに遠慮せず、さっさと彼女の王を倒す。

これで勝敗は決した。

「メイド服な。俺が夕飯を食べるのを見ているといい」

「な、なんて悪意に満ち溢《あふ》れた笑みを……!?　人の情というのはないのですか!?　オリヒメ様がショックで黙ってしまいましたよ!?」

「関係ない。俺に勝負を挑むのが悪い」

「くっ……れ、レオナルト様！　どうか助けてください！」

「えええ!?!?」

まさかバトンタッチされるとは思わなかったんだろう。

レオが驚きの声をあげるが、レティシアはさっさと席をレオに譲る。

「お願いします！　私とオリヒメ様の夕飯が懸かっているのです！　別にメイドの服を着るの

はかまいませんが、目の前で食べられるのは羨ましくて泣いてしまいます！」

「そんな大げさな……兄さんも本当に夕飯を奪うなんてことは……」

「俺は賭け事で嘘《うそ》はつかん」

「そうだったね……」

真顔で告げるとレオが頭を抱えた。

そしてしばらくそのままでいたが、覚悟を決めたように顔をあげた。

「しょうがない……勝負だ！　兄さん！」

「ふん、お前と俺との対戦成績を忘れたか？」

「む、昔のことだよ！」

「百戦してお前の一勝九十九敗だ。百敗したくないって言ってそれ以後やらなくなったのに、まさか大人になってから恥をかきにくるとはな。覚悟しろよ？」

俺は駒を握りながら笑う。レオは冷や汗をかきつつ、俺のペースに乗るまいと駒を並べる。

そして戦いが始まった。さすがに双子というべきか。レオは俺の手をことごとく読んでくる。そういう意味ではオリヒメやレティシアよりは数段手ごわい。

だが攻勢には出られない。向こうに読めるということは俺にも読めるということだ。これは子供の頃から変わらない。

そして勝負を分けるのはどうやって相手の意表をつくか。

こういう駆け引きではレオは俺には絶対勝てない。

「兄さんの女王はいただいたよ！」

レオが一気に攻勢をかけて俺の女王を落とす。

しかしそれは罠《わな》だ。相変わらず正直だな。

俺はしれっと王に近づけていた駒を進ませる。

「甘いな。これで終わりだな」

「――どうかな？」

そう言ってレオは俺が進ませた駒と王の間に違う駒を割り込ませた。

全面攻勢を仕掛けていたはずだが、一つだけ防御に残していたか。

これで俺は一手遅らされた。それは全面攻勢を仕掛けられた俺にとっては致命的な遅れだった。そして。

「勝った……!?」

ついにレオの駒が俺の王を落とした。

自分でも信じられないといった様子でレオがつぶやく。

そんなレオの横でレティシアとオリヒメが大喜びしていた。

「やりました！　さすがレオナルト様です！　私のお夕飯が守られました！」

「さすがだ！　妾はずっといつかやる男だと思っておったぞ！」

二人から英雄のように祭り上げられ、レオは照れたように頬《ほお》をかく。

そんなレオに苦笑しつつ、俺は席を立つ。

「調子に乗るなよ？　これで百一回勝負して二勝九十九敗だからな？　俺のほうが全然強いからな？」

「うん、わかってるよ」

そう言ってレオは笑う。そんなレオの笑みを見て、俺は悔しそうにしながら部屋を出るのだった。

「わざと負けてあげたんですか？」

「さぁね」

後ろからついてきたフィーネが問いかけるが、俺は肩をすくめてはぐらかす。

そんな俺を見てフィーネが笑う。

「ふふふ……素直じゃありませんね」

「手加減なんてしてないさ」

「本当ですか？」

「もちろん全力だった。全力で最善の手を考えてた。まぁ本気ではなかったけど」

「？？？　本気と全力では違いがあるんですか？」

「出せる力は使った。けど絶対に勝ってやるって気概ではなかった。本気ならイカサマでもなんでもしている。全力だけど本気じゃないってのはそういうことだよ」

そう説明しつつ、俺は後ろの部屋から聞こえてくる笑い声に微笑《ほほえ》む。

どうやらキッカケにはなったみたいだ。

エピローグ

Epilogue

夜。レオはゆっくりと明かりが消えていく帝都の街を城から眺めていた。

それは昔からレオが好きな光景だった。少しずつ、少しずつ、帝都の街の明かりが消えていき、人々が眠りに入っていくのを感じるのが好きなのだ。

穏やかな時間だった。このときばかりはレオもただ何も考えず、時間が過ぎ去るのを楽しむ。

最近のレオは皇族の中で最も多忙な一人だった。

帝位争いが一時休戦中とはいえ、支援者との会談は欠かせないものであり、帝都守備隊の名誉将軍として式典中の帝都の守備には目を光らせていた。加えて自己研鑽《けんさん》を欠かすことなく行い、レティシアの接待役もこなしていた。

休む暇もないほどのスケジュールだった。それでもレオが大変だと思うことはなかった。疲れはあったが、充実していたからだ。

だからいくらでも頑張れた。しかし、頑張りすぎて倒れては元も子もない。

ゆえにレオは気を抜く時間を大切にしていた。それが今だった。

周りには誰もいない。明かりと活気の絶えなかった帝都もゆっくりと眠りについていく。ただそれを眺めるだけの静かな時間。それがレオの癒《いや》しだった。

しばらくそうしていると、後ろで人の気配があった。

「気を遣っていただいてありがとうございます」

そう言ってレオは後ろを振り返った。そこにはレティシアの姿があった。

柔らかい笑みを浮かべて、レティシアは首を横に振る。

「いえ、私は何も」

「わざと声をかけないでくれたんですよね？　助かります。大事な時間だったので。だからありがとうございます、レティシアさん」

レオは笑顔を浮かべて、改めてレティシアにお礼を言った。そんなレオのお礼を受けて、レティシアは小さく頷《うなず》いて、笑みを深めた。

そしてレティシアは静かにレオの隣に立った。

「レオナルト様がここで街を眺めるのは、守るべき民を意識するためですか？」

「そんな立派なものじゃありませんよ。最初は光が消えていく光景が綺麗《きれい》だったから。そのうち、その光景を見ながらリフレッシュする時間になっただけです」

「意味はないと？」

「はい、意味はありません」

「レオナルト様でも意味のない行動をするんですね」

「しますよ。しないように見えましたか？」

「はい。あなたは合理的な方だと思っていました」

「合理的ですか……まぁそうかもしれませんね。あまり無駄なことをできない性分だと思います。必要だからやっている場合が多いです」

　そこがアルとレオの大きな違いだった。やるべきとレオが感じるなら、アルはやりたいと感じる。ゆえにレオはどんなことにも取り組めるが、アルはやりたいことにしか取り組まない。

　だが、アルはやりたいと思ったことには驚異的な集中力を発揮する。それはレオにはない才能だった。

「僕は自分が弱い人間だと知っています。兄さんとは違う。手を抜くことを覚えたら、きっとそこから戻れなくなる。遊びを覚えたら、きっと今のように集中できなくなる。緩んだら、きっと僕はもう戻れない」

「真面目なんですね」

「不器用なんです。兄さんのように器用には生きられない」

「物事には良い面と悪い面があります。人の内面は言葉では言い表せません。私はレオナルト様を真面目と評しましたが、レオナルト様は不器用と評します。アルノルト様を器用と評す人もいれば、いい加減と評す人もいます。けれど、評された人に変化はない。それはどちらもその人の一面だからです。場所や状況によって色んな側面が表れる。それが人です」

　レティシアは言いながら空を見上げる。そこには満天の星が広がっていた。

「空と一緒です。昼間の青空も空の一面で、夜の星空も空の一面。どちらが好きかは人によるでしょう。しかし、どちらも空の表情の一つです。空の本質は変わらない。人に益も与えますし、害も与えます。しかし、人にとっての害が別の生き物にとっては益になる場合もある。そうやって世界は回っていくのです。だから……あなたは自分の不器用さを気にする必要はないと思います。あなたの不器用さは人によっては真面目として受け取られ、その人に良い影響を与えるかもしれない。あまりお兄様と比べなくても良いと思います。あなたはアルノルト様を高く評価するあまり、自分のことを低く見ているように思えます。確かにアルノルト様にはあなたにはない魅力があります」

言いながらレティシアは空から視線を移し、隣のレオを見つめた。視線を感じたレオナルトもレティシアへと視線を移す。

目と目があった。吸い込まれそうな蒼《あお》い瞳。それがレオだけを見つめる。

「ですが――私はあなたの魅力も負けず劣らず素晴らしいものだと感じます。いえ……あなたのほうが好ましく思えます」

そう言ってレティシアは少し照れたように笑った。それはレオにとっては特別な言葉だった。

レオとアル。比べられればいつだって、レオが称賛されてきた。しかし、それはアルの本質を理解できていない人物たちの称賛だ。

アルの本質を理解し、魅力を見出《みいだ》せる人たちは常にアルの傍《そば》にいた。一番傍にいたレオだからこそ、アルのことは一番わかっていた。

アルの魅力に気づき、人が集まることは嬉《うれ》しかった。自分の自慢の兄だから。しかし、同時に劣等感も覚えていた。

自分はアルには勝てないと。

そんなレオにとって、アルにも魅力があると理解しながら、それでも自分が好ましいという言葉は初めてのものだった。

だからレオは何も言えなかった。心に嬉しいという感情が満ちていく。だが、それをどう表現していいのかレオにはわからなかった。なにせ、初めてのことだ。

「レオナルト様？」

何も言わないレオを心配してか、レティシアがレオの顔を覗《のぞ》き込んでくる。

その瞬間、レオは無意識的にレティシアの手を取っていた。

「……嬉しいです。とても……あなたにそう言っていただけて。言葉にできないくらい」

「そうですか？　それは良かったです。喜んでいただいたなら、私も嬉しいです」

嫌がる素振りを見せず、レティシアはレオの手を握り返した。

その後しばらくの間、二人は手を取り合って、無言の時間を過ごしたのだった。

■■■

深夜。ひっそりと帝都に一人の男が帰還した。

その男は城に戻ると、自らの部屋へと入っていった。

そして用意していた体格の似た影武者と入れ替わり、顔を隠してとある場所へ向かった。

そこは城の中で隔離されたエリア。反乱者クリューガーの血縁ということで、ザンドラが軟禁されている場所だった。

護衛とは話がついていた。すんなりと部屋に入ると、顔を隠していた男は自らの顔を晒《さら》す。

「首尾はどうだ？　ザンドラ」

「順調よ。ゴードン」

帝都に帰ってきたゴードンは、ザンドラの言葉を聞いてニヤリと笑う。

北部に左遷されたゴードンは、式典のために呼び戻されたのだ。

「予定より早く聖女が来ているようだが？」

「それも問題ないわ。聖女のことは王国の第一王子がすべて処理してくれるわ。実行するのは第一王子の協力者だけれど」

「なるほど。では、俺はこのまま計画を進めるとしよう」

「そうしなさい。しばらくの間は共闘してあげるわ。いつまでもこんな部屋に軟禁されるのは趣味じゃないから」

「良い心掛けだな。裏切らんかぎりは悪いようにはせん」

「上から目線は気に食わないけれど……今はもっと気に食わない奴《やつ》らがいるから許してあげるわ。先に他の邪魔者を始末させてもらうわ」

「そうだ。俺たちの敵は今のところ共通している。その後は知らんがな」

あくまで打算的な関係。そこに信頼はない。

だが、それでも帝位を争う有力候補の二人が手を組んだことは事実だった。前までならあり得ないことだ。どうしてそれが実現したのか？

それは勢力バランスが崩れたからだ。三竦《さんすく》みの状態だったところに四人目が乱入し、ザンドラとゴードンは大きな痛手を受けた。ゆえに二人は手を組んだ。

「王国の第一王子に伝えておけ。しくじるな、と」

「こっちの台詞《せりふ》ね。軍は掌握できているの？」

「無論だ。北部で遊んでいたわけではないのでな」

二人は同時に背筋が凍るような冷たい笑みを浮かべる。その笑みの中に、かつて、時代が違えば皇帝になっていたかもしれない、と評された二人の面影はどこにもないのであった。

最強《さいきよう》出《で》涸《が》らし皇子《おうじ》の暗躍《あんやく》帝位《ていい》争《あらそ》い6

無能《むのう》を演《えん》じるSSランク皇子《おうじ》は皇位継承戦《こういけいしようせん》を影《かげ》から支配《しはい》する

著　タンバ

角川スニーカー文庫　22576

2021年3月1日　初版発行
2022年4月15日　3版発行

発行者　青柳昌行

発　行　株式会社KADOKAWA
〒102-8177 東京都千代田区富士見2-13-3
電話　0570-002-301（ナビダイヤル）

印刷所　株式会社暁印刷
製本所　本間製本株式会社

●お問い合わせ
https://www.kadokawa.co.jp/（「お問い合わせ」へお進みください）
※内容によっては、お答えできない場合があります。
※サポートは日本国内のみとさせていただきます。
※Japanese text only

Printed in Japan　ISBN 978-4-04-110951-9　C0193

★ご意見、ご感想をお送りください★
〒102-8177 東京都千代田区富士見 2-13-3
株式会社KADOKAWA　角川スニーカー文庫編集部気付
「タンバ」先生
「夕薙」先生

角川文庫発刊に際して

角　川　源　義

第二次世界大戦の敗北は、軍事力の敗北であった以上に、私たちの若い文化力の敗退であった。私たちの文化が戦争に対して如何に無力であり、単なるあだ花に過ぎなかったかを、私たちは身を以て体験し痛感した。西洋近代文化の摂取にとって、明治以後八十年の歳月は決して短かすぎたとは言えない。にもかかわらず、近代文化の伝統を確立し、自由な批判と柔軟な良識に富む文化層として自らを形成することに私たちは失敗して来た。そしてこれは、各層への文化の普及滲透を任務とする出版人の責任でもあった。

一九四五年以来、私たちは再び振出しに戻り、第一歩から踏み出すことを余儀なくされた。これは大きな不幸ではあるが、反面、これまでの混沌・未熟・歪曲の中にあった我が国の文化に秩序と確たる基礎を齎らすためには絶好の機会でもある。角川書店は、このような祖国の文化的危機にあたり、微力をも顧みず再建の礎石たるべき抱負と決意とをもって出発したが、ここに創立以来の念願を果すべく角川文庫を発刊する。これまで刊行されたあらゆる全集叢書文庫類の長所と短所とを検討し、古今東西の不朽の典籍を、良心的編集のもとに、廉価に、そして書架にふさわしい美本として、多くのひとびとに提供しようとする。しかし私たちは徒らに百科全書的な知識のジレッタントを作ることを目的とせず、あくまで祖国の文化に秩序と再建への道を示し、この文庫を角川書店の栄ある事業として、今後永久に継続発展せしめ、学芸と教養との殿堂として大成せんことを期したい。多くの読書子の愛情ある忠言と支持とによって、この希望と抱負とを完遂せしめられんことを願う。

一九四九年五月三日